TAAL IS ZEG MAAR ECHT MIJN DING

Paulien Cornelisse

Taal is zeg maar echt mijn ding

2009
Uitgeverij Contact
Amsterdam/Antwerpen

Eerste druk, april 2009
Tweede druk, april 2009
Derde druk, mei 2009
Vierde druk, mei 2009
Vijfde druk, mei 2009
Zesde druk, mei 2009
Zevende druk, mei 2009
Achtste druk, juli 2009
Negende druk, juli 2009
Tiende druk, juli 2009
Elfde druk, augustus 2009
Twaalfde druk, september 2009
Dertiende druk, september 2009
Veertiende druk, oktober 2009

Auteursfoto Arenda Oomen
Omslagontwerp Paulien Cornelisse, uitvoering Suzan Beijer
Typografie binnenwerk Zeno
Illustraties binnenwerk Paulien Cornelisse
ISBN 978 90 254 3049 8
D/2009/0108/920
NUR 320

Wees maar niet bang, het gaat niet over jou.

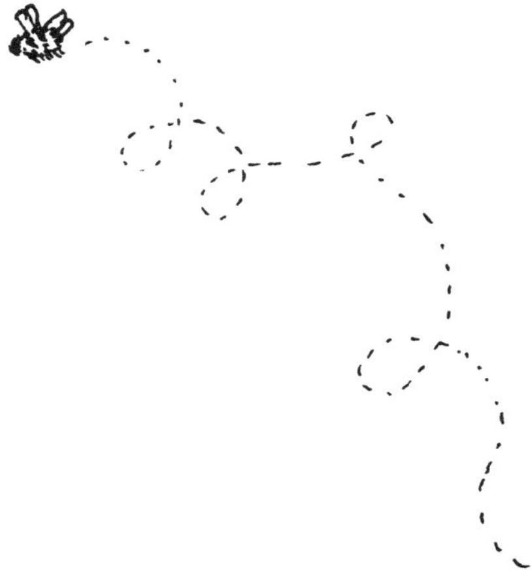

Voorwoord

Mensen denken dat taal is uitgevonden om elkaar beter te begrijpen. De redenering gaat als volgt: in de oertijd konden we nog niet praten. Dat was lastig, want als je iets duidelijk wilde maken, bijvoorbeeld: 'Geef me die speer eens aan,' dan moest je dat doen met wilde handgebaren, onder het uitstoten van woeste klanken. (Bekijk een kind van anderhalf dat nog net niet kan praten maar wel op zijn wenken bediend wil worden en je weet hoe frustrerend dat is.)

Dus gingen mensen praten:

'Hé, zie ik daar een mammoet? Verdomd als het niet waar is.'

'Ja, je hebt gelijk. Weet je wat ik doe? Ik pak even een speer, en ik hol erachteraan.'

'Is goed!'

'Doe-doei.'

Dieren zijn niet in staat tot het voeren van zulk soort gesprekjes. Daarom moeten ze veel meer in hun eentje doen. Omdat taal zo ongeveer het enige is waarin wij beter zijn dan dieren, vinden we taal voor het gemak ook meteen heel belangrijk. We kunnen makkelijk samenwerken, elkaar waarschuwen en dingen leren. Daarom hebben wij het beter voor elkaar dan de dieren. Vinden we zelf. Maar dat is natuurlijk betrekkelijk. Een kakkerlak is in staat een atoomramp te overleven, waardoor hij een voordeel heeft ten opzichte van ons. Alleen omdat een kakkerlak zijn visie op de wereld niet aan ons kenbaar kan maken (bijvoorbeeld door middel van het schrijven van het boek *Een atoomramp is zeg maar echt mijn ding*) denken wij mensen nog steeds dat wij het beste bezig zijn.

Ikzelf ben er inmiddels aan gaan twijfelen. Ik heb namelijk het idee dat taal meer verwarring veroorzaakt dan duidelijkheid brengt. Sinds we kunnen praten, hebben we uitgevonden dat je om de hete brij heen kunt draaien, dat je nare dingen op een aardige manier kunt zeggen, dat je kunt slijmen, liegen, goedpraten, stinkende wonden maken en die met de mantel der liefde bedekken.

Hoe meer ik erop let, hoe meer ik ervan overtuigd raak dat mensen *bijna altijd* iets anders zeggen dan ze bedoelen. Zelfs een zin als 'wil jij nog koffie?' kan van alles betekenen:

1. 'Wil jij nog koffie? Mooi, ik ook, dus als jij het even zet...'
2. 'Wil jij nog koffie? Ik vraag het maar, want dan hoeven we het verder niet meer te hebben over die oersaaie problemen op je werk.'

3. 'Wil jij nog koffie? Als je nee zegt betekent dat dat de sfeer verpest is en ik het op korte termijn ga uitmaken.'

Het is moeilijk om een volstrekt neutrale uitspraak te bedenken die ook echt heeft plaatsgevonden. Zelf kom ik, na lang nadenken, op iets wat ik vorige week zei: 'Waar is het zout? O hier.' Er was niemand in de kamer, dus misschien dat ik het er daarom zo neutraal uit kreeg.

De vraag is natuurlijk: moeten we hier depressief van worden? Dat mensen bijna altijd iets anders zeggen dan ze bedoelen? En dat het doel van taal (dingen duidelijker maken) totaal niet bereikt wordt?

Ehm.

Ik vind niet dat je er depressief van moet worden. Maar als je op een regenachtige middag toch denkt: verdomme, niemand begrijpt me en waarom kan ik niet goed zeggen wat ik wil en waarom zegt niemand wat hij denkt? Dan is het misschien opbeurend om in ieder geval eens te gaan onderzoeken waar het hem dan in zit, dat taal de wereld zo onduidelijk maakt.

Waarom gaan van de ene zin je nekharen rechtovereind staan en wil je door de andere zin het liefst meteen naakt op de tafel gaan dansen? En waarom zijn die zinnen niet voor iedereen hetzelfde? Je zal maar een vriend hebben die zegt: 'Het gaat uiteindelijk toch om een stukje samenzijn.' Daar kun je toch niets meer mee? Behalve de mensen die echt zo'n vriend hebben, die kunnen er blijkbaar wel iets mee. Iedereen heeft een eigen taalsmaak, en dat is maar goed ook, anders zouden 'een stukje samenzijn'-jongens nooit een vriendin krijgen.

Wat iemand stom vindt, ligt trouwens niet vast. Je kunt soms iemand tegenkomen die zó leuk is, dat een stomme zin vanzelf ook leuk wordt. Nu vind ik 'pak 'm beet, een x-aantal keer' nog vrij walgelijk, maar je weet maar nooit wie er nog op mijn pad komt. De taal verandert voortdurend en de mens gelukkig ook.

Kortom, elke bewering over taal is volstrekt subjectief en je kunt er niets over zeggen. Juist daarom is het zo leuk om er van alles over te zeggen. Toch is het niet de bedoeling om oekazes te gaan uitvaardigen over wat wel en niet door de beugel kan. Het is net als met kleding: witte sokken mogen niet, maar toen Michael Jackson ze aantrok waren ze ineens heel cool, om maar eens een historisch voorbeeld te noemen! De vergelijking met taal: je moet nooit te veel uitroeptekens gebruiken, tenzij je het zelf heel erg cool vindt en het met overtuiging brengt! Dan kan het weer wel!

Je kunt je eigen regels bedenken en die ook weer schenden. Als je er maar interessant genoeg bij kijkt, dan is het goed.

Aan de luisteraar of lezer ondertussen de taak om te proberen te begrijpen wat je bedoelt. Taal maakt alles onduidelijk, maar als je heel goed luistert hoor je wat mensen eigenlijk liever niet willen zeggen: wie ze zijn.

PS Veel stukjes in dit boek verschenen (soms in iets andere vorm) eerder in *nrc.next* (onder redactie van Ward Wijndelts, Margot Poll en Hans Nijenhuis), *NRC Handelsblad* (onder redactie van Paul Steenhuis), *Mind Magazine* (redactie: Henrike van Gelder en Renie van Wijk) of heb ik voorgelezen in het programma *Klare Taal* van Radio Nederland Wereldomroep, dat gemaakt wordt door Arie Bras. Er heeft ook eerder iets in *Viva Mama* gestaan.

Ding

Even visualiseren: jongensachtige man in T-shirt met mannendecolleté, met een broek die zogenaamd niet duur is, quasi-nonchalante gezichtsbeharing, misschien een petje, misschien een duimring en misschien een mystiek kettinkje om de hals uit Samoa of een andere spirituele locatie. Plaatje compleet?

Welnu, dit type man heeft een eigen taal. In deze taal is één woord heel belangrijk en dat is het woord 'ding' – of dat freudiaans is weet ik niet. Om verwarring te voorkomen: ding betekent voor dit soort mannen allang niet meer 'object' of 'meisje' ('lekker ding'), want dat is ouderwets.

Nee, het ding is groter geworden. Het ding omvat eigenlijk het hele leven. 'Het belangrijkste is gewoon dat ik echt mijn eigen ding doe, weet je,' is een heel normale zin voor de jongensachtige man. Of: 'Als snowboarden je ding is, dan is Oostenrijk echt je plek.' Als Chris 'mannendecolleté' Zeegers het niet allang gezegd heeft, dan gebeurt dat waarschijnlijk zeer binnenkort.

Het ding is niet alleen je passie of je favoriete bezigheid. Een ding kan ook vervelend zijn, want er hangt serieusheid omheen. 'Ik wil haar ouders best een keer een hand geven, maar om daar helemaal te gaan eten? Dan wordt het echt zo'n, zeg maar, ding.'

'Ding' kan trouwens ook gebruikt worden om een serieuze mening juist af te zwakken: 'Nee, ik vind vreemdgaan niet oké, maar dat is mijn ding, hoor.'

Het ding is dus belangrijk, maar gelukkig is het dusdanig vaag dat je er niet echt iets mee zegt, waardoor we allemaal goede vrienden blijven met onze mystieke kettinkjes. Giel Beelen zei een keer bij *De Wereld Draait Door*, omdat hij toch íéts moest zeggen: 'Ja, als Erik de Zwart vroeger op de radio kwam, dat was wel echt een ding, zeg maar.'

Een goed ding? Een slecht ding? Het zal wel sfeerverpestend zijn om hier duidelijkheid over te willen, maar dat is dan zeg maar weer mijn ding.

Wegvluchten

'Jaaaaa,' zei hij guitig, 'maar van *jezelf* kun je niet wegvluchten! Neenee!'

Huisgenoten

Op de televisie was de uitreiking van de AKO Literatuurprijs te zien. Sportverslaggever Kees Jansma zat in de jury (ondoorgrondelijk gegeven, maar goed), en hij zorgde voor het opmerkelijkste citaat van de avond. Hij vertelde namelijk dat hij stukjes uit het boek, waar hij voor de gelegenheid 'ambassadeur' van was, had voorgelezen aan zijn huisgenoten. Huisgenoten? Pardon? Woont Jansma in een commune? Of intrigerender nog: een studentenhuis?

Welnee. Jansma vond het blijkbaar gênant om het over 'mijn gezin' te hebben, of over 'mijn vrouw'. En ergens is dat te begrijpen. 'Mijn vrouw' klinkt heel oud en grijs – ik ken mensen die het alleen hun strot uit krijgen als ze de aanhalingstekens duidelijk hoorbaar maken. (Er zijn ook mannen die hun vrouw dan maar hun vriendin blijven noemen; zij lijden aan het Peter Pansyndroom – niet volwassen willen worden). 'Mijn man' klinkt niet zozeer oud, maar wel alsof die man dan ook meteen over het geld gaat en de vakantiebestemming bepaalt.

Het is sowieso moeilijk om 'degene met wie je bent' aan te duiden zonder van jezelf te walgen. 'Mijn vriend' klinkt te meisjesbladachtig, te 'Jij in zíjn overhemd, dat vindt hij júíst sexy!' 'Mijn vriendje' klinkt alsof de spreekster twee vlechtjes heeft, hoewel ze in de dertig is. 'Mijn vriendinnetje' is daarentegen van de oude kunstenaar die in zijn stokoude vrouw met gehennaad haar op onnavolgbare wijze nog steeds het meisje van honderd jaar geleden ziet.

Goed, mijn partner dan? Klinkt alsof je niet wilt toegeven dat die 'partner' van hetzelfde geslacht is als jij. Mijn geliefde? Pathetisch, alsof je niet allang elkaars sokken wast en platonisch tv-kijkt.

'Manlief' is tegenwoordig een populaire aanduiding, waarna de spreekster moet beginnen met een anekdote over de onhandigheid van de man. ('Manlief probeerde de wasmachine te bedienen – de volgende ochtend waren we nog aan het dweilen.')

De ergste term die ik ooit heb gehoord is 'mijn echtvriend'. Weliswaar niet getrouwd, maar wel echt samen, of: wel getrouwd, maar nog steeds vrienden hoor! Onvergeeflijk.

Het is dus, kort gezegd, een onmogelijk onderwerp. Alweer een reden waarom alleenstaanden ('Alleengáánden! Want je staat niet stil! Neenee!') het een stuk makkelijker hebben.

iGELUL

Je zou denken dat het allang voorbij had moeten zijn. Een modern taaldingetje waarvan je denkt: één keer is leuk, twee keer is eigenlijk al heel stom, dus waarom zie ik het nu overal?

Ik heb het natuurlijk over het voorvoegsel 'i'. Computerbedrijf Apple is ermee begonnen. iPod, iTunes, iBook. Er zal wel een of andere marketingafdeling achter hebben gezeten waar men collectief is losgegaan op een flap-over. '"i" gaat over individualiteit, ik zie mensen die zelf hun leven inrichten, ik zie de moderne samenleving waarin we elkáár onszélf laten zijn!' Zulk soort gelul.

Maar wel succesvol gelul, want het i-voorvoegsel duikt overal op. iFood.com wil informeren over gezonde voeding, iLove is een contactadvertentiesite, iSex ook. iGarden is een tuinwinkel, iWoman is software waarmee je je menstruatiecyclus kunt bijhouden, iChristian is iets met merchandise rondom Jezus. iKlus is een klusbedrijf. iBaarheid bestaat nog niet, maar het kan niet lang meer duren.

Nog niet zo lang geleden was alles met 'e-'. E-mail was net hip, en dan moesten dingen ook ineens e-commerce heten, of e-dentifier. Of e-buddy, e-learning, eBay. Maar dat had altijd nog wel iets met 'elektronisch' te maken. Het i-voorvoegsel betekent niets, dat kun je gewoon facultatief voor een woord pleuren. Hetzelfde staat trouwens te gebeuren met 'you', omdat

YouTube zo populair is ('"You" is *sharen*, "you" is de community in!' aldus de denkbeeldige flap-over).

Maar nu bevinden we ons nog volop in het 'i'-tijdperk (iTijdperk). Dat elke trend zijn wanstaltige uitwassen heeft bewijst de slogan van Amsterdam, 'I Amsterdam'. Een nare woordspeling, die ook nog eens niets betekent. Het is zelfs onduidelijk welk gevoel er overgebracht moet worden. Het zal wel iets zijn met identiteit en trots zijn op iets. Dat het in het Engels is, stoort ook.

Als ze in Bennebroek nou eens de slogan 'Ik Bennebroek' zouden aannemen. Slaat ook nergens op, maar klinkt wel een stuk sympathieker.

(Of in Waspik: Ik Waspik. Hè wat flauw, moet het weer zo plat? Ja zo plat moet het.)

Leuk-haters

Het is moeilijk voor te stellen, maar ooit was 'leuk' een beetje een ordinair woord. Nette mensen zeiden 'prettig' of 'aangenaam'. Dat was voor de oorlog. Na de oorlog raakte 'leuk' langzaam in zwang, tot het in de jaren negentig een van de meest gebruikte woorden werd. Meisjes waren leuk, restaurants waren leuk, vakanties waren leuk. En wat niet leuk was, werd wel 'opgeleukt'.

Ongeveer ten tijde van *nine-eleven*, schat ik, stond er een elite op die leuk ineens minder leuk vond. Deze elite had behoefte aan meer inhoud, en daar heeft 'leuk' nu juist niets mee te maken. Vandaag de dag kun je een goede beurt maken door te zeggen: 'Alles moet tegenwoordig maar leuk zijn! De televisie! Als het maar léúk is! Bah!' Of: 'Nee, ik schrijf geen gedichten omdat ik dat "leuk" vind, ik schrijf gedichten omdat ik niet anders kán.' Leuk *pour le* leuk heeft afgedaan.

Prima, maar leuk-haters moeten natuurlijk wel een ander woord hebben om vage positieve gevoelens uit te drukken.

Daarvoor is verkozen het woord 'mooi'. En niet alleen voor dingen die esthetisch plezierig zijn. Voor alles. Een mooie wijn is niet een wijn die er mooi uitziet, maar die lekker smaakt. Het klinkt ook meteen zo lekker chic – en je kunt werkelijk alles 'opmooien': 'Wat een móóie mayonaise!' – echt gehoord.

Iemand kan ook 'een mooi mens' zijn. Dat betekent dan niet dat hij krullen heeft en spiermassa's (want dat is alleen maar leuk). Nee, het betekent dat hij vrijwillig maaltijden maakt voor zieke mensen die hij niet persoonlijk kent. Een mooi mens.

En zo is 'mooi' ineens een pseudodiepzinnig woord geworden. Je kunt het horen zeggen: 'Ik vind Annet niet per se mooi, maar wel *een mooi mens*.'

Ik verlang terug naar toen alles nog gewoon leuk was.

Bepaalde mensen

'Er zijn hier mensen die proberen te slapen.' Daar bedoelt de spreker altijd zichzelf mee.

'Bepaalde mensen hier denken dat het normaal is om tot vier uur 's nachts op een djembé te beuken.' Daar bedoelt de spreker nooit zichzelf mee.

Kortom: 'mensen' zijn we zelf. 'Bepaalde mensen' zijn de anderen.

Focking

Die Joran. Wat gaf hij ons veel, vooral op taalkundig gebied. Hij zei zo vaak '*conjo*' (Papiaments voor 'kut') dat ik het bijna zelf ging gebruiken.

Nog astronomischer was het gebruik van het woord 'focking'. Focking is natuurlijk een verbastering van 'fucking'. 'Focking' wordt in Amerika ook wel gebruikt, maar vooral in Nederland is 'focking' populair – ik denk omdat de Nederlandse 'u' zo tuttig klinkt in een verder nogal stoer woord. En het woord wint aan populariteit, vast ook vanwege het inmiddels weer verdwenen realityprogramma *De Gouden Kooi* waarin voortdurend werd gezegd: 'Dit is de focking para-zooi.'

Met het woord fucking/focking is iets interessants aan de hand. Er wordt namelijk al jaren door allerlei goeiige taalkundigen onderzoek naar gedaan. En dan vooral naar het fenomeen dat komisch genoeg *fucking insertion* heet.

De vraag bij fucking insertion is: waar kunnen we het woord 'fucking' tussen proppen, en waar niet? Daar blijken we onbewuste regels voor in ons hoofd te hebben. In het Engels kun je 'fucking' zelfs in een woord stoppen: Fan-fucking-tastic! Maar nu komt het, het kan alleen vlak vóór de lettergreep waar de klemtoon op ligt (in dit geval 'tas'). Wat bijvoorbeeld nooit zou kunnen is 'Fantas-fucking-tic'. Amerikanen kunnen 'fucking' zonder moeite overal op de goede plek invoegen. 'Kanga-fucking-roo', 'Minne-fucking-sota', en ga zo maar door.

Het Nederlandse 'focking' kan volgens mij niet in een woord voorkomen('Fan-focking-tastisch'; klinkt raar). Toch heeft 'focking' ook iets te maken met nadruk, maar dan binnen een zin. 'Focking' staat namelijk altijd voor het woord dat belangrijk is: 'Hij was de focking *afwas* aan het doen.'

Zo kun je met 'focking' subtiele betekenisverschillen aangeven. 'Hij keek naar de focking radio' betekent iets anders dan 'Hij focking keek naar de radio.' De eerste zin suggereert: hij keek naar de rádio in plaats van naar de televisie. De tweede zin zegt eerder: hij kéék naar de radio in plaats van dat hij ernaar luisterde.

Kortom: focking is taalverrijking en daar moeten we dankbaar voor zijn.

Daar staat die R dus voor

Het ministerschap van Ella Vogelaar. Waar we het allemaal over eens kunnen zijn is: het ging communicatief niet lekker. In de Tweede Kamer werd haar bijvoorbeeld de vraag gesteld hoe duur het allemaal nou echt zou worden, met die boot en die woningbouwvereniging (langdurige, oninteressante kwestie) in Rotterdam. Haar antwoord: 'Weet u wat ondernemen is?'

Dat was geen antwoord, natuurlijk, maar het zette wel een prettig sfeertje neer van wederzijds respect en oprechte dialoog. Waarschijnlijk dacht Vogelaar: We weten niet hoe duur het wordt, want ondernemen is nu eenmaal risico nemen, dus ik kan er niets over zeggen. Maar ja, daar kom je niet mee weg, dus daarom maar de tegenaanval ingezet met een retorische vraag: een vraag waarop je geen antwoord verwacht.

Wat is dat toch, met retorische vragen? Waarom zijn

die zo vaak naar (behalve in het geval van de vorige zin)? De vraag waarop het antwoord niet gewenst is, brengt het gevoel over dat de spreker zelf altijd alles het beste weet. 'Heren. Hallo. Waar zijn we mee bezig?' betekent natuurlijk eigenlijk: 'Het interesseert me niet wat jullie doen, als jullie er maar mee ophouden.'

De puber die zegt: 'Kan ik er wat aan doen?' wil alles, maar niet een goed gesprek over verantwoordelijkheid en schuldvraag.

Wie zegt: 'Mag ik dat zelf even weten?' is eigenwijs en oncoöperatief. En een vrouw die tegen haar man zegt: 'Met zo'n man ben ik toch niet getrouwd?' is eng en neurotisch.

De onbetwiste koning van de retorische vraag is trouwens Peter R(etorische vraag) de Vries. Vooral in zijn telefoongesprekje met Joran van der Sloot (daar was hij weer!) was het raak. 'Hebben wij soms die valse visitekaartjes zitten drukken? Hebben wij soms die meisjes opgetrommeld? (...) En ik heb zeker ook de verdwijning van Natalee Holloway geïnitieerd? Dat heb ik zeker ook gedaan? (...) Dan houden we het daar toch op?' Joran antwoordde maar niet. Dat was namelijk niet de bedoeling.

Jouw werkelijkheid

Discussies zijn vervelend, maar vaak is de persoon met wie je de discussie voert erger dan de discussie zelf. Wat te denken van de persoon die op alle opgeworpen argumenten antwoordt: 'Nou... ja én nee', met een blik alsof dat filosofisch interessant is. (Ik hoorde over een loodgieter die dit deed. 'Dus we kunnen de kraan weer gebruiken?' 'Nou, ja en nee.')

Je hebt ook mensen die niet willen toegeven dat de discussie inmiddels een ruzie aan het worden is. Die zeggen bijvoorbeeld: 'Grappig dat je dat zegt,' terwijl het helemaal niet grappig is. Of ze nemen hun toevlucht tot het zogenaamd neutrale: 'Ik hoor het je zeggen.'

Of ze maken de discussie zelf meteen tot onderwerp: 'Nou ja, het heeft natuurlijk weinig zin het hierover te hebben.' Of, erger nog: 'Waarom raakt dit je zo?'

Maar de vervelendste mensen om discussies mee te hebben zijn de relativisten. Relativisten zijn mensen die om een of andere new age-reden niet geloven in één waarheid. Dat zeggen ze dan ook te pas en te onpas: 'Er is natuurlijk niet maar één waarheid.' Dat 'natuurlijk' zorgt ervoor dat je er eigenlijk al niet meer tegenin durft te gaan.

Als het je toch lukt om de relativist kwaad te krijgen (hulde!) dan heeft hij altijd nog een laatste geheime tactiek. Hij zegt dan, terwijl hij eigenlijk uitgeluld zou moeten zijn: 'Dat is dan jouw werkelijkheid.' Ja, dat is mijn werkelijkheid, en sterker nog, het is ons aller werkelijkheid! Dat zou je dan terug moeten zeggen, maar je doet het niet.

Je hebt daarentegen ook mensen – dat zijn heel lieve mensen – die ergens midden in een discussie ineens zeggen: 'Ja, dat is eigenlijk ook wel weer zo.' Waardoor je ineens, veel vroeger dan verwacht, gelijk krijgt! Je zit dan nog wel met al je ongebruikte argumenten, maar die kun je later altijd nog eens inzetten.

DUH!

Modewoorden komen, modewoorden gaan. Waar is de tijd gebleven dat mensen 'punt nl' achter zinnetjes plakten, om grappig te doen? 'Ik ben echt chagrijnig punt nl.' Klinkt stupide, is het ook, en gelukkig allang weer uit. Er zijn daarentegen ook modewoorden die maar niet uit raken, terwijl dat wel prettig zou zijn.

Neem het woord 'duh'. In de eerste jaren van het nieuwe millennium is dit van oorsprong Amerikaanse uitroepje in Nederland langzaamaan populair geworden. Het betekent iets als: natuurlijk, stommerd! Dus: 'Heb je je moeder wel van het station gehaald?' 'Nee, het leek me wel geinig om haar in haar eentje op een winderig perron te laten staan... Ja, ik heb haar opgehaald, duh!' ('duh' wordt overigens vaak uitgesproken als 'dù-ù'.)

In Amerika is 'duh' een redelijk normaal woord, maar in Nederland wordt het hilarisch gevonden. Dat was bijvoorbeeld te merken bij de film *Alles is liefde*. Carice van Houten zegt in deze film twee keer 'duh!' en twee keer klonk er door de zaal een rollende lach. Terwijl Carice van Houten honderd dingen zegt die veel grappiger zijn! En dan wordt er om 'duh' het hardst gelachen! 'Duh' is als een slechte clown op een Franse camping waar iedereen op onverklaarbare wijze toch mee wegloopt.

Ook valt het op dat kinderen in televisieseries tegenwoordig altijd wel een keertje 'duh' moeten zeggen, om aan te geven dat ze aandoenlijk, wijs en grappig zijn, in plaats van Heel Erg Irritant.

En dat sijpelt weer door in het gewone leven: vrouwen die charmant/schattig willen zijn, gebruiken 'duh' tegen zichzelf, in de betekenis van 'haha, domme domme ik!' ('O jee, weer de handrem vergeten, duh!')

Hoog tijd dus dat 'duh' weer uit raakt, of in ieder geval 'ontgrappigt'. Ik heb er goede hoop op. Hoewel, als kind in de jaren tachtig dacht ik dat het toen niet-kunnende 'doeg' een eendagsvlieg zou zijn. En nu gebruik ik het zelf met overgave.

Mensen, dit is toch léven?

Vakantie: weinig mensen kunnen er echt goed mee omgaan. Dat is bekend. Relaties lijden onder vakantie, en je hebt zelfs goedbedoelende psychologen die zeggen dat ook volwassenen een knuffelbeer mee moeten nemen naar de vakantiebestemming, zodat er in ieder geval íéts vertrouwd is.

Ik weet niet of een knuffelbeer helpt tegen het onbehaaglijke gevoel dat Duits brood oproept. Of tegen de enge badmutsjes die eenieder geacht wordt te dragen in het Portugese zwembad. Of tegen het Franse toilet, waaraan je lichaam zich pas na vier dagen overgeeft. Maar ik vermoed dat het grootste vakantieleed in de mens zelf zit, en dat leed heet: genieten. Want dat moet. Anders was de vakantie voor niets.

Ooit ben ik als verslaggever meegegaan met een groepsreis door zuidelijk Afrika. De mensen in de groep hadden allemaal gespaard voor deze droomreis. Daarom moest er elke vijf minuten iemand zeggen: 'Mensen, dit is toch léven?' Hoe vaker het gezegd werd, hoe meer ik eraan begon te twijfelen. (Andere zinnen die er naar behoeven ingegooid werden: 'Mij krijgen ze niet meer weg, deze jongen zit hier goed.' 'Bij zo'n sterrenhemel besef je pas echt hoe klein wij mensen zijn, en hoe onbelangrijk alles eigenlijk is.' 'Zonnetje, biertje, heeelemaal goed.')

De obsessie met genieten is typisch Nederlands. In andere landen wordt ook wel genoten, maar altijd van iets specifieks ('I enjoyed the show,' zegt de Engelsman, en nooit: 'I was enjoying'). Het 'diffuus genieten' is iets dat Nederlanders zichzelf opleggen. En dan zijn ze zich er ook nog van bewust dat ze het eigenlijk niet kunnen.

Ooit wel eens met wat mensen in Toscane geweest, terwijl er net een cliché-zonsondergang bezig was? Dan is er altijd wel iemand in het gezelschap die zegt: 'Jaaaa, het Italiaanse leven, hè. *La dolce vita*. Hier kunnen de mensen tenminste nog echt genieten van het leven. Met die espresso enzo.' Het woordje 'nog' duidt erop dat wij Nederlanders in de oertijd ook konden genieten, maar dat we dat vermogen door een wurgend proces van civilisatie zijn kwijtgeraakt.

Dat idee kwam ook in de groepsreis in Afrika naar voren. Veelvuldig werd de volgende gedachte geuit: 'De mensen zijn hier arm, maar op een andere manier zó rijk!' Want de mensen hadden hier de ruimte en lachten allemaal zo vriendelijk. En ze waren oprecht dankbaar als je ze een ballpoint gaf.

Het probleem met Nederlanders en genieten is natuurlijk dat we er te veel over nadenken. We mogen pas met vakantie als we er eerst hard voor gewerkt hebben. Een beloning zonder dat daar eerst voor geleden is, past niet bij onze calvinistische mentaliteit. Omdat we het gevoel hebben dat vakantie een beloning is voor iets ergs, krijgt die vakantie meteen iets noodzakelijks. Het is zeker niet alleen maar leuk; als je geen vakantie zou hebben, zou er iets heel ergs gebeuren, en daarom móét je wel naar Ibiza. 'Ik was hier echt héél erg aan toe,' hoor je vaak. En: 'Ik ga deze drie weken gebruiken om mezelf weer op te laden.' Vind je het gek dat er dan nogal een druk komt te liggen op het genieten? De teleurstelling ligt altijd op de loer. Of zoals het vroeger in het onvolprezen televisieprogramma *De Vakantieman* werd uitgedrukt: 'Vakantieman, dit noem ik geen vakantie.'

Zodra je jezelf niet meer oplegt om te genieten, loop je de meeste kans om te genieten. Gestrand op een lelijk busstation in Kroatië, blijk je ineens tóch nog een zak paprikachips onder in de rugzak te hebben! Dat is genieten.

HÈ

Het woord waardoor Nederlanders altijd verraden dat ze Nederlands zijn is 'hè'. 'We went to Disney World, hè, and the kids really liked it, hè.' Wie internationaal wil overkomen, vermijde 'hè'. Wie juist over wil komen als iemand die daar schijt aan heeft, hè, *be my guest*.

Vakantie gaat voor een groot deel natuurlijk over je wil opleggen aan anderen. Vooral de camping is een minimaatschappij zonder duidelijke bestuursstructuur. Dan gelden de wetten van de jungle.

Alfamannetjes hebben het makkelijk, die lopen gewoon op een groep angstaanjagende pubers af en verklaren: 'Om tien uur is het stil.' Dit lijkt een constatering, maar is een keihard bevel. Hoe meer 'alfa' het mannetje is, hoe meer kans dat het bevel ook echt opgevolgd wordt.

Iets mindere alfamannetjes kiezen er vaak voor hun kritiek wat minder direct te leveren. Die gaan expres hardop commentaar leveren, zodat hun slachtoffer het hoort. 'Bepaalde mensen hier denken blijkbaar dat het normaal is om in de douche een compleet waterballet aan te richten.'

De totale losers (ofwel: de aardige mensen) moeten het zo oplossen: 'Hé, haha, ik geloof dat ze hier eigenlijk echt heel graag willen dat we het afval scheiden... Ja ik weet het ook niet hoor... Wacht ik doe het anders wel even... Nee joh geen probleem... Iemand nog iets nodig van de supermarkt?'

Voor iedereen die geen alfamannetje is, maar toch ook wat agressie kwijt moet, bestaat er op de camping ook altijd nog de bevredigende mogelijkheid van het anoniem schelden. Stel, er wordt te veel lawaai gemaakt, dan kun je vanuit je tent ineens heel hard roepen: 'Kan het GODVERDOMME wat zachter!' Niemand weet precies uit welke tent het komt, maar toch voelt het roepen best heldhaftig.

Op de camping kan een hoop leed trouwens voorkomen worden door meteen over te schakelen op de fluisterstand. Als je dat niet doet, dan krijg je dit: 'Wat? Is de buurman nu alweer naar de wc geweest? Zou hij diarree hebben?' Waarop de buurman vanuit zijn tent antwoordt: 'Nee, ik heb geen diarree, maar wel een prikkelbare darm. Vandaar.' Een tent lijkt op een huisje, maar is het niet.

Maar zelfs als je fluistert, kun je afgeluisterd worden. Sterker nog, dat is de hobby van iedereen om je heen. Ik hoorde ooit een man tegen zijn vrouw fluisteren: 'Ik wil niet dat je me een klootzak noemt. Want dat ben ik niet. Een klootzak.' De rest van de camping las zogenaamd een boekje, en luisterde ondertussen intens geconcentreerd mee.

Sommige dingen zijn op vakantie makkelijker dan thuis. Want kijk: thuis staat de rolverdeling vast. De een zet meestal koffie en de ander maakt het toilet schoon. Op het vakantieadres staat de hele rolverdeling in principe weer ter discussie. Daar kan natuurlijk ruzie van komen ('Waarom moet ík alle communicatie met het vieze boertje doen? Ben ik soms Hoofd Communicatie?'), maar op een subtiele manier kan het ook in je voordeel werken. Je kunt anderen tot van alles dwingen, als je het maar slim verpakt. Een nuttige constructie is de 'als iets, dan niets'-constructie. Je zegt bijvoorbeeld: 'Als jij nou eens een lekker kopje koffie zet...' Het 'als' suggereert dat er een 'dan' komt met een tegenprestatie. Maar die hoef je helemaal niet te noemen! Gewoon de zin laten uitdoven en wachten tot je bediend wordt.

Zo kom je de vakantie wel door.

Symbolen

'Ik hou zeg maar heel erg van symbolen?' verklaarde het meisje, 'omdat die, zeg maar, heel veel symboliseren?'

Bandoeng. 24 februari.

Het was ineens 'de week van de geschiedenis', wat in de praktijk betekende: de week van de geschiedenisdocumentaire. Op taalkundig gebied een interessant genre. Bij de geschiedenisdocumentaire gelden namelijk nogal strenge taalregels, die als doel hebben de kijkertjes meteen te laten weten: Aha, ik ben in een geschiedenisdocumentaire beland!

Regel 1. Stel een retorische vraag. 'Kortom, we waren een tolerant volk. Tolerant?' Waardoor we al invullen: nou, waarschijnlijk niet zo heel erg tolerant. Vermoedelijk is de retorische vraag populair geworden doordat redacteuren van geschiedenisprogramma's heel veel Asterixen hebben gelezen ('Héél Gallië? Nee, één klein dorpje...')

Regel 2. Gebruik een fragment uit een oude brief. Deze moet worden voorgelezen op uiterst trage, neutrale toon (want vroeger is traag). Die brief begint meestal zo: 'Bandoeng. 24 februari. Moeder, dank voor de gestampte muisjes. Er zal in Holland nu wel geschaatst worden.'

Regel 3. Werp het begrip 'mythe' op. Het liefst op deze manier: 'Feit? Of mythe?' En kijk dan met één opgetrokken wenkbrauw de camera in.

Regel 4. Gebruik zo veel mogelijk de tegenwoordige tijd. Onder de makers van geschiedenisdocumentaires is de verleden tijd absoluut taboe. Want als de geschiedenisdocumentaire iets wil overbrengen, dan is het wel dat de geschiedenis niet de geschiedenis is. Dus niet zeggen: 'De Germanen woonden op terpen en wierden,' maar: 'De Germanen wonen op terpen en wierden.'

Regel 5. Doe nog gekker en gebruik de toekomende tijd! In de serie *Verleden van Nederland*, die werd gepresenteerd door een zich door het landschap bewegende Charles Groenhuijsen: 'De Batavieren zullen gevolgd worden door nieuwe groepen mensen. Dat zijn onze voorouders.'

Regel 6. Gebruik... aan het eind van de documentaire... veel pauzes... midden in de zin. Hierdoor horen de kijkers vanzelf dat het bijna afgelopen is, en krijgen de eindzinnen *en passant* nog wat pseudobetekenis mee. Nog een voorbeeld uit *Verleden van Nederland*: 'Totdat er een nieuw tijdperk aanbreekt... met nieuwe verhalen... en nieuwe helden.' En: start de eindtune in.

Mmmké

Wanneer is het gebeurd? Dat 'ja' vervangen werd door 'oké'? 'Ik heb buikgriep.' 'Oké.' Nou, niet zo oké, zou je zeggen, maar oké betekent hier niet meer dan 'ik heb je begrepen.'

Oorspronkelijk betekende 'oké' iets als: 'We gaan doen wat jij net voorstelde.' ('Zullen we een ijsco halen?' 'Oké'.)

'Oké' is nu dus veel breder. Het kan bijvoorbeeld betekenen: 'En nu houden we op met het gelul.' ('Ik voel toch een zekere weerstand bij de groep...' 'Oké, laten we dan nu lekker de schouders eronder zetten.')

Je hebt ook het kritische oké, wat dan vaak wordt uitgesproken als 'okééé!' ('Okééé, mevrouw dacht, ik zoom de gordijnen zélf wel even af! Lekker is dat!')

Er is het verontruste 'oké', als iemand ineens gekker blijkt dan voorheen gedacht. ('Ik vind dat de kat zelf ook moet aangeven waar haar grens ligt.' 'O...ké...?')

Maar 'oké' kan ook botweg zijn: 'Je gaat nu mijn wensen inwilligen.' ('We beginnen met de stallen. Oké? Oké.')

Of: 'Ik heb niet geluisterd, maar dat laat ik liever niet merken.' Dan ligt de nadruk op de 'o'. Dus: 'Maar de fysio zei, als je je oefeningen niet doet, dan krijg je dus echt een probleem, en ik dacht toen, hé, ja, misschien moet ik die oefeningen dan ook echt maar doen...' 'Ó-ké...' – met opengesperde ogen om interesse voor te wenden.

En dan kan 'oké' ook nog betekenen: 'Ik ga nu het gespreksonderwerp drastisch veranderen, maar dat kan me niet schelen.' ('Maar ik hou nog steeds van je!' 'Oké, maar wil je nou vanille- of hopjesvla?')

'Oké' heeft een stille opmars gemaakt. Wie eerlijk telt, zal waarschijnlijk merken dat hij of zij minstens dertig keer per dag oké zegt. Eerlijk zijn! Oké kan ook worden uitgesproken als 'mmmké' of 'nké', maar het gaat om hetzelfde woord.

Alleen 'oké dan!', een populaire vage kreet van enthousiasme uit de vroege jaren negentig, die hoor je niet meer. Dus dat is per saldo dan wel weer oké.

HOEISSIE?

Mensen vragen graag aan elkaar hoe het gaat. Waarom dat is, weet ik niet, want het antwoord interesseert doorgaans niemand.

Nu weet iedereen dat wel, dus als er gevraagd wordt: 'Hoe gaat het?' dan antwoord je braaf: 'Goed!' Als van je gezicht afstraalt dat het niet goed gaat, kun je ook zeggen: 'Goed! Druk!'

Alleen de meest bedroefde en depressieve mensen zijn nog wel eens eerlijk, en die zeggen: 'Volkomen kut.' Wat helaas nooit tot gevolg heeft dat hun leven ter plekke gered wordt door de toehoorders. Alweer een teleurstelling.

De meeste mensen willen dus, begrijpelijk, helemaal niet kwijt hoe het echt gaat. Ooit iemand ontmoet die op jouw 'goed!' begon tegen te sputteren: 'Maar hoe gaat het nou écht met je?' Dan krijg je toch zin om zo iemand met een bijl de schedel in te slaan?

Ik hoorde mezelf laatst vragen: 'Alles goed?' Waarmee ik dus niet eens de mogelijkheid openliet dat sommige dingen ook minder goed zouden kunnen gaan. Nee, álles moest goed zijn. Degene aan wie ik het vroeg antwoordde: 'Mmmmmmwah...' Dat had ik natuurlijk ook wel gezien, dat het er bij hem nogal mmmwah aan toeging. Toch was ook dit geen teken voor mij om mijn medemenselijke hulp aan te bieden, want ik riep: 'Nou, sterkte dan!' En liep weer door. Dit zou wel eens de minst empathische interactie uit mijn leven kunnen zijn.

Een ander zinnetje dat je kunt gebruiken als je echt niet wilt weten hoe het gaat is: 'Hoeissie?' Door het woord 'jij' of 'jou' maar helemaal te vervangen geven we zonneklaar aan dat het hier niet gaat om een vraag, maar meer om een opvulsel. De aangesprokene doet er goed aan om te zeggen: 'Ja, lekker.' Of alleen maar: 'Jaa...' Klaar zijn we.

MEIDEN

Ook zo dol op Internationale Vrouwendag? Lekker internationale vrouwendingen doen met de medezusters? Heerlijk. Elk jaar op 8 maart.

Jammer dat 'vrouw' zo'n eng woord is. 'Ik ben gewoon een heel zelfbewuste jonge vrouw.' Of: 'Als vrouw zijnde, zeg ik nee, het voelt niet zuiver.' Huu.

Het is ook volstrekt niet duidelijk wie nu eigenlijk een vrouw is. Officieel ben je een vrouw vanaf je achttiende, maar volgens mij vindt iedereen het bevreemdend als er in de krant staat: 'Vrouw (19) vermist op camping bij Boxmeer.' Dat is toch een meisje?

Je hebt ook van die doorgeslagen jaren zeventig-moeders die vinden dat de eerste menstruatie bepalend is: 'Schat! Nu ben je echt een vrouw! (snik) Mijn dochter! Een vrouw!' Hou op zeg. Een meisje met maandverband, meer niet. Terwijl 'meisje' soms ook weer zo misplaatst klinkt. 'Dat meisje doet hier de human resources.' Raar.

Er zijn mensen die daarom zweren bij het woord 'meiden'. 'We zijn met een stel meiden gaan wadlopen, echt super lachen.' Maar 'meiden' is ook eng. De gymjuf vroeger op school zei graag 'meiden', zogenaamd om aan te geven dat meisjes net zo flink en stoer zijn als jongens. In werkelijkheid was het de bedoeling je dingen te laten doen die je eigenlijk niet wilde: 'Kom op meiden, we gaan kogelstoten.' Daarnaast is er een bepaald type nare ouders dat over hun eigen dochters zegt: 'Joh, het zijn gewoon zulke lekkere meiden.' Platonisch bedoeld, maar toch.

Tegenwoordig hoor ik vaak 'dames', verwijzend naar mensen die daar echt niet voor door kunnen gaan. 'Zo dames, zullen we even een bakkie doen?' Het feit dat ik dan bij die dames hoor, geeft aan dat het begrip 'dame' aan een enorme erosie onderhevig is (u kent mij niet, maar geloof me).

Mannen hebben het zoals gewoonlijk makkelijker (terzijde: daarom bestaat er ook geen 'mannendag', dat is niet nodig. Alleen zielige groepen als dieren, vrouwen en secretaresses krijgen ééns per jaar één miezerige dag). Ik hoorde ooit een bejaard persoon over een man van in de zeventig zeggen: 'Leuke jongen is dat toch.' Dat was lief.

Biologeren

'Die twee katten zaten moedwillig – moedwillig! – die derde kat te biologeren! Misselijk word ik daarvan.'

Rrrrr

Beatrix raakt haar 'r' kwijt. Haar kersttoespraken van de afgelopen vijfentwintig jaar zijn geanalyseerd, en wat bleek? De koningin zei vroeger vaker een r dan nu. 'Aanvaarden' is 'aanvaden' geworden.

Met de letter r is iets geks. Er zijn nogal veel manieren om hem uit te spreken. In Nederland schijnen we tweeëntwintig soorten r-en te hebben! Tweeëntwintig! Rrraarrr.

Er zijn drie r-en die het meest in het oor springen: de tong-r (zoals de Italianen), de keel-r (richting de Fransen) en de Gooise r (zoals de Engelsen). Vooral over de Gooise r bestaan veel misverstanden. Mensen die bijvoorbeeld het onvolprezen Kinderen voor Kinderenkoor willen nadoen, zingen vaak álle r-en als een Gooise r. Ha! Daar lachen de echte fans om. Want zo hoort het: 'Kindugun *for* kindugun' – alleen aan het eind van een lettergreep wordt de r een Gooise r, op andere plekken wordt de keel-r gebruikt.

Een heel andere sfeer wordt opgeroepen door de

tong-r. Die klinkt naar het Polygoonjournaal, en heeft iets heel zorgvuldigs; lees de volgende zin met een rollende r voor en zie wat ik bedoel: 'Zal ik de archiefmappen hier opbergen?' (In West-Friesland hebben ze van nature een tong-r die rolt als een mitrailleur. De 'slogan' van Hoorn is: 'Hoorn, zien en geloven'; een woordgrap die alleen werkt voor mensen uit de regio zelf, voor wie 'Hoorn' klinkt als 'horen').

Maar goed ('magoed'), logisch dat de koningin van dat gezeik met die r af wil zijn en hem maar helemaal overboord zet; net als veel andere Nederlanders.

Zoals met elke taalverandering is er meteen weer de hypercorrectie die op de loer ligt. Ik hoor vaak 'waarneer', in plaats van 'wanneer'. En het bijzondere is, ik hoor het ook bij mezelf. Terwijl ik me er potdomme nog bewust van ben.

Directe troonrede

Ik koester een diepe bewondering voor mensen die meteen een mening klaar hebben over de troonrede. Want hoe kun je in godsnaam begrijpen wat er gezegd wordt? Het luisteren naar de troonrede vergt een bijna onmenselijke concentratie. De rede wordt onnatuurlijk neutraal voorgelezen, is expres ongrappig, en elke zin is zó ver uitonderhandeld dat er alleen maar algemeenheden over blijven. De troonrede is, kortom, een avantgardistisch toneelstuk.

Gevolg: je dwaalt af naar je eigen miezerige leven terwijl de majesteit doordreint. Af en toe is er een kort moment van verwarring: 'Zei ze nou warmtepompen? En zonneboilers? Wat zijn dat eigenlijk?' Waarna het grote wegdromen weer verdergaat.

Wat zou het fijn zijn als de koningin normaal zou mogen praten. Als ze erin zou kunnen knallen met een anekdote uit huiselijke kring, iets over de kleinkinderen of zo.

Ook zou het gebruik van de directe rede wat meer schwung aan het geheel kunnen geven.

Meestal geldt: hoe hoger opgeleid, hoe minder directe rede.

Bijvoorbeeld. Als ik iemand hoor zeggen: 'Ik ging naar de dokter, en hij zei: "U moet een onderzoek",' dan is dat naar mijn gevoel lager opgeleid dan wanneer iemand zegt: 'Ik ging naar de dokter en die zei dat ik een onderzoek moest hebben.'

Voelt u het verschil? Het direct citeren heeft denk ik de bedoeling de luisteraar ervan te overtuigen dat er niets bij verzonnen wordt. Misschien heeft het ook iets te maken met ontzag voor de dokter: je mag niet je eigen interpretatie geven van wat hij heeft gezegd, je móét het letterlijk overbrengen.

Alleen als je geleerd hebt flink te twijfelen aan de autoriteit van de dokter kun je zeggen: 'De dokter zei dat ik het rustig aan moet doen, nou, dat zullen we nog wel eens zien.'

Soms rijst het direct citeren ook de pan uit. Dan lijkt

het er meer op dat degene die het verhaal vertelt gewoon niet in staat is alles even bondig samen te vatten en te checken of het gehoor het allemaal nog interessant vindt. Mijn opa zaliger was graag aan het woord, en maakte er langdradige dialogen van: 'Ik ging naar de dokter, hij zegt, ik zeg, hij zegt: "Nou dat ziet er niet zo best uit." Dus ik zeg, ik zeg: "Waarom niet dokter?" zeg ik. En hij zegt, ik zeg, hij zegt: "Ja dat is niet zo een, twee, drie uit te leggen, maar kort en goed, u moet naar de specialist." Dus ik zeg, ik zeg: "Ja maar ho eens even, dekt de verzekering dat wel?" En hij zegt, hij zegt: "Uw gezondheid komt toch op de eerste plaats?"'

Tegen de tijd dat het verhaal afgelopen was, waren wij, de kleinkinderen, al in een diepe coma weggezakt.

Maar als de directe rede goed gebruikt wordt, biedt hij talloze mogelijkheden het verhaal op te vrolijken. Je kunt citaten naar behoeven vervalsen en stemmetjes nadoen, dus je verhaal wordt er beter van.

Het zou zo mooi zijn, daar in de Ridderzaal: 'Dus ik zeg nog tegen Jan Peter, ik zeg, "Jan Peter," zeg ik, "we moeten ons er wel allemáál een beetje prettig bij voelen," dus hij zegt, hij zegt: "Tuurlijk, is ook zo," zegt-ie...'

Waarna wij zouden losbarsten in een spontaan: 'Hoera! Hoera! Hoera!'

Mooi

'Ik voel een stuk medemenselijkheid. Mooi.'

Wendy van Dijk was *In de hoofdrol* en prompt verscheen haar moeder van achter de schuifdeurtjes.

'Wat voor kind was Wendy?' vroeg de presentator, warm mensenmens Frits Sissing. De moeder van Wendy antwoordde: 'Nou... Wendy was een, eh, best wel... spontaan kind... lief, aardig. Had ook altijd wel iets verrassends.'

Spontaan, dat snap ik. Dat is al jaren het mooiste compliment dat je meisjes schijnt te kunnen geven. Maar 'iets verrassends'? Is dat nou positief? Als iemand wordt aangeprezen met 'hij heeft wel iets aantrekkelijks', dan denk je toch ook: lamaar.

Waardoor ik ineens ging nadenken over dat 'best wel', vlak voor 'spontaan'. Betekende dat misschien dat Wendy eigenlijk niet zo spontaan was? Zoals je van vies eten uit beleefdheid kunt zeggen dat het 'best wel lekker' was? Nee, dat is een brug te ver. Waarschijnlijk is Wendy oprecht verschrikkelijk spontaan. 'Best wel' fungeert hier louter als stoplap. De moeder van Wendy had tijd nodig om haar zin goed te formuleren, en vulde die tijd met 'best wel'.

Dit is iets wat de hele familie Van Dijk doet, zo bleek de rest van de avond. Het was 'best wel een moeilijke tijd' dit en 'best wel heel heftig' dat.

Het ligt niet aan de Van Dijkjes. Heel Nederland is verslaafd aan 'best wel'. En het is ook niet iets van de laatste tijd. Ik schat dat 'best wel' alweer sinds de jaren zeventig onder ons is, want het heeft iets hippieachtigs. Dat je best wel stoned in iemand z'n studentenkamer best wel diep zit te dicussiëren over best wel belangrijke dingen in de maatschappij, weetjewel. En dat alles in redelijke, gemoedelijke sfeer.

Met best-wellers is het moeilijk ruziemaken, want wat kun je doen tegen iemand die 'best wel teleurgesteld' is? Die kun je alleen maar 'best wel begrijpen'. Een stoplap die gladstrijkt. Ideaal.

SONJABAKKEREN

Sonja Bakker ontwierp het meest succesvolle Nederlandse dieet. En ook: Sonja Bakker is de eerste Nederlandse die haar eigen werkwoord heeft. Sonjabakkeren. Een paar vervoegingen: zij sonjabakkert. Wij hebben gesonjabakkerd. Opdat ik sonjabakkere.

Sonjabakkeren betekent: het Sonja Bakkerdieet volgen. Er zijn volgens mij maar een paar andere voorbeelden van 'bekende personen met een werkwoord'. Montignaccen, wat zo veel betekent als: veel kreeft eten, in navolging van die andere dieetgoeroe Michel Montignac. Iets minder bekend maar onder fans toch ook echt in gebruik is het woord bobrossen: schilderen in de stijl van charismatische/hypnotiserende televisieschilder Bob Ross (de blanke man met het afrokapsel die in elke geschilderde wolk een persoonlijk vriendje zag).

Dan heb je nog wat oude voorbeelden. 'Lynchen' komt van iemand die William Lynch heette (1742-1820), en die nogal goed was in lynchen, en 'boycotten' van Charles Boycot (1832-1897), die zelf geboycot werd door anderen. Maar als we 'lynchen' of 'boycotten' gebruiken, zien we daar niet direct een hoofd bij.

Op grond van Bakker, Montignac en Ross lijkt het erop dat je tegenwoordig alleen een eigen werkwoord krijgt als je iets praktisch bedenkt waar mensen je in na kunnen doen. Iets met een stappenplan, liefst. En daarom zijn er maar zo weinig van zulk soort woorden.

Daar kunnen we met z'n allen natuurlijk verandering in brengen. Zeg eens tegen die vriend die altijd ongevraagd commentaar bij de Tour de France geeft: 'Zit niet zo te martsmeetsen!' Of, als je je kinderen de hele dag pedagogisch verantwoord hebt lopen opvoeden: 'Ik heb me rotgedaphnedeckerd.' Over het management op het werk: 'Er werd weer heel wat afgejosefstalind.'

Ik noem maar wat. Wees creatief, ga los, en doe en passant aan taalverrijking.

De tour, jaaaaa, de tour

De Tour de France: meer dan een fiets- en dopingevenement zie ik het als een interessant taalkundig fenomeen.

Want wanneer hoor je nou verder ooit twee mannen uren met elkaar lullen zonder dat ze onderbroken worden door praktische mensen die zeggen: 'Kom kom! Nu moet het weer ergens over gáán!' Tour de France-commentatoren mogen ongebreideld doorpraten, waardoor een soort *stream of consciousness* ontstaat, en dat is leuk om naar te luisteren. Alleen al vanwege de enorme bijzinconstructies die gemaakt worden, bijvoorbeeld: 'De wielrenner, die in Spanje werd geboren... maar in Frankrijk opgroeide... gedeeltelijk dan, zijn moeder woont nog in Barcelona... Barcelona, waar ze overigens een standbeeld hebben opgericht voor die andere beroemde renner...' Enzovoort enzovoort.

In de stream of consciousness van de commentatoren komen ook vreemde woorden voor, die verder niemand gebruikt. Commentator Maarten Ducrot heeft het ongeveer drie keer per minuut over 'linkeballen'. Het betekent: de hele tijd in iemands wiel hangen zonder zelf eens een keer voorop te gaan rijden. Tenminste, ik denk dat het dat betekent, want niemand legt het uit. Het is 'linkeballen' voor en 'linkeballen' na. 'Zooo zeg, die is weer flink aan het linkeballen!'

Eerst vond ik het stom dat de commentatoren niet af en toe zeiden: 'En met linkeballen bedoelen we...' Maar nu begrijp ik het pas. Ze trekken je er op subtiele wijze in. Je hoort een woord dat je niet begrijpt. Aha! denk je, een geheim genootschap met een eigen taal! En vervolgens zit je uren te luisteren, totdat je ook weet wat linkeballen betekent. En dat is natuurlijk weer heel goed voor de kijkcijfers.

Subtiel opscheppen

Jacques Chapel (legendarisch Tourcommentator) ging dood, toevallig vlak voordat de Tour begon. Daarom werd er herdacht en Radio 1 deed dat met zijn vroegere chef. Opvallend genoeg kwamen er vooral verhalen over ruzies en dronkenschap; weinig hartverwarmends. Aan het eind van de terugblik stond de chef erop zijn mooiste Touranekdote te vertellen. Zou Jacques dan toch nog waardig herdacht worden? Er volgde een verhaal waar Jacques Chapel geen rol in speelde, maar waar wel een soort punchline aan zat. De chef vertelde die zo: 'En toen zei iemand, ik geloof dat ik dat was: "Nee meneer, wij zijn de Wegenwacht!"'

Dit is een zuiver voorbeeld van 'subtiel opscheppen'. Natuurlijk weet de chef zéker dat hij het was die de grap had gemaakt. Maar hij vindt het gênant om dat direct te zeggen. ('Ik heb een keer een heel goede grap gemaakt, zal ik hem vertellen?') Daarom verpakt hij hem in gespeelde onzekerheid: 'Ik geloof dat ik dat was.'

Subtiel opscheppen kent vele uitingsvormen. 'Ik was gewoon de eerste die zoiets deed, dus er was ook weinig concurrentie,' hoor je wel eens. Zogenaamd lijkt dit bescheiden ('er was weinig concurrentie'), maar wat vooral blijft hangen is dat hier een pionier aan het woord is.

Of: 'Nou kennen, kennen, echt kennen doe ik Beau natuurlijk ook weer niet. Niemand trouwens.' Let op: de spreker kent mijnheer van Erven Dorens duidelijk goed genoeg om hem bij zijn voornaam te mogen noemen.

Mart Smeets deed rondom de dood van Chapel ook aan subtiel opscheppen. Hij zei: 'Ik wist destijds nog niets van de Tour, ik weet er nog steeds niets van!' Kom kom, Mart, we weten allemaal dat je er heel veel van af weet. Mindere goden zouden nooit, zonder gevaar voor eigen reputatie, kunnen beweren dat ze niets weten.

In sportevenementen zoals de Tour weet iedereen duidelijk wie het beste is: degene die het eerste over de streep fietst (doping daargelaten). In de rest van het leven moeten we soms zelf even aangeven hoe goed we zijn.

Een beetje

Voor het subtiel opscheppen worden trouwens vaak de woorden 'toevallig' en 'een beetje' misbruikt. Een hoogleraar neurobiologie zei op de radio: 'Nou, neurobiologie, daar heb ik toevallig wel een beetje verstand van...' Hallo! Je bent hoogleraar in de neurobiologie, ik mag hopen dat je er meer dan een beetje verstand van hebt!

Wat je ook kunt doen als je subtiel wilt opscheppen, is verkleinwoorden gebruiken. Dan suggereer je namelijk dat het onderwerp geen geheimen meer voor je heeft. Een voetbaltrainer doet dat zo: 'Kijk, voetbal is natuurlijk een heel leuk spelletje...' Spelletje, geen bloedserieuze miljoenenbusiness. En juist doordat de trainer het een spelletje noemt, wordt hij zelf meer serieus genomen.

Dat is dus de truc. Je moet zo onbelangrijk mogelijk

over iets doen, en dan word je vanzelf gezien als expert. Bent u onderwijzer op een basisschool? Zeg dan eens, met verveelde blik: 'Ja, dat hele "lesgeven" is natuurlijk een leuke vrijetijdsbesteding...' Bent u journalist? Doe het dan eens zo: 'Nee, ik was net een stukkie aan het tikken...' Ziet u hoe geloofwaardig en serieus dat overkomt? Bent u aannemer? Zeg dan eens: 'Even een tussenwandje neerpleuren en klaar is Kees.' Gevolg: meer respect van uw collega's, van uw opdrachtgevers, en *last but not least*, van uzelf.

Nou heb ik toevallig wel een beetje verstand van hoe het allemaal werkt in ons moedertaaltje, dus ik zou dit als ik u was maar van mij aannemen.

Subtiele zelfverheerlijking

Wie klaar is met subtiel opscheppen, mag een stap verdergaan. Die mag voorzichtig beginnen met subtiele zelfverheerlijking.

Een gesprek dat ik recent had met een collega-cabaretier, vlak voor een optreden:

Hij: 'Hé, je bent lekker bezig hè? Veel optredens?'

Ik: 'Ja, het gaat wel...'

Hij: 'Hoe vaak treed je deze maand op?'

Ik: 'Ik weet niet, keer of twaalf?'

Hij: 'Mooi, mooi... ja, bij mij is het ook gekkenhuis, deze maand tweeëntwintig keer.'

Wat gebeurde hier? Het leek te beginnen als een compliment, maar het eindigde als zelfverheerlijking.

Een bekend fenomeen. Ik herinner me een meisje

op de middelbare school dat, in vlagen van zelftwijfel, klasgenoten ging opbellen, en dan begon te lamenteren: 'Ik heb echt níéts gedaan aan dat proefwerk van morgen! Ik ben maar tot hoofdstuk zeven gekomen! O, jij tot hoofdstuk vier? O... Nou ja, ik tot hoofdstuk zeven.' Resultaat: het meisje wist dat ze in ieder geval niet de slechtste van de hele klas was, ten koste van degene die ze opbelde.

Het is een overlevingstechniek, die vaak wordt toegepast, ook al is het onderwerp nog zo onbelangrijk: 'Heb je gisteren nog naar *RTL Boulevard* gekeken?'

'Nee, om je eerlijk de waarheid te zeggen hou ik zúlk soort programma's niet bij. Ik kijk sowieso heel weinig tv.'

Prima natuurlijk dat je weinig tv kijkt, maar de vraagsteller denkt nu toch: 'En ik ben blijkbaar wél oppervlakkig genoeg voor dat programma?'

Subtiele zelfverheerlijking is de negatieve tegenhanger van een heel positieve eigenschap, die ik maar even noem: de tel-je-zegeningen-houding. Tel-je-zegeningenmensen zijn vaak heel lief en ontroerend. Ze zijn bijvoorbeeld twee benen kwijtgeraakt in een auto-ongeluk, maar hebben nu ontdekt dat ze het heel leuk vinden om vrijwillig een kinder-rolstoel-basketbalteam te coachen (dit is het allerliefste wat ik kan bedenken), en dan zeggen ze iets als: 'Dat had ik zonder dat ongeluk nooit ontdekt! En ik had het niet willen missen.' Of iemand die met een zwaar demente man thuis zit en zegt: 'Hij herkent me niet meer, maar het is wel altijd gezellig.' Geef me zo'n levenshouding en je hoort me verder niet meer.

Het enige wapen tegen de subtiele zelfverheerlijking is trouwens: er helemaal in meegaan. Tegen de collega-cabaretier besloot ik tot het volgende: 'Goh! Tweeëntwintig optredens? Nee, zo veel heb ik er bij lange na niet. Wow... tweeëntwintig...'

Bang voor zichzelf

'Mensen met hoogtevrees zijn natuurlijk eigenlijk bang voor zichzelf,' zei hij, met een blik alsof dit een interessante gedachte was.

Aanknopingspunten

Een vriendin van mij was op een netwerkavond voor vrouwen met eenvrouwsbedrijfjes binnen de culturele sector. Na afloop moest deze vriendin met een stel vrouwen die ze niet kende terugrijden naar haar woonplaats. Een van de vrouwen zei: 'Tja... ik weet het toch niet hoor, zo'n netwerkavond. Ik bedoel, ik zat tegenover een vrouw die geen kinderen had, dus dan heb je al meteen geen enkel aanknopingspunt.'

De vriendin (35, kinderloos) was sprakeloos. De vrouw ging door: 'Nou ja, na een tijdje dacht ik: ik vraag het tóch, waarom ze geen kinderen had. Bleek ze onvruchtbaar. Nou, toen had ik natuurlijk de hele sfeer verpest, haha!'

De netwerkende moeder leed aan een extreme vorm van wat ik maar even 'moedertunnelvisie' noem, en waarschijnlijk had ze, ook voordat ze een kind kreeg, al een bord voor haar kop. Maar los daarvan werpt het voorval wel een interessante vraag op. Namelijk: hoe veel moet je gemeen hebben met iemand om een beetje een leuk gesprek te hebben? Je zou denken, op een netwerkdag voor eenvrouwsbedrijfjes uit de culturele sector is er genoeg om over te praten; wat je allemaal gemeen hebt, is je eenvrouwsbedrijfje. Maar nee, deze vrouw had het onderwerp 'kinderen' duidelijk nodig om verder te kunnen praten. ('Hoe combineer jij dat nou?')

Psychologen zeggen altijd dat je zo veel mogelijk gemeenschappelijk moet hebben om het goed met elkaar te kunnen vinden. De relaties die het langste standhouden, zijn die tussen mensen die in dezelfde buurt zijn opgegroeid. *Opposites attract* klinkt wel romantisch, maar is niet waar. Vraag maar eens aan twee geliefden die zelf het idee hebben dat ze heel verschillend zijn waar dat verschil dan in ligt. Dan krijg je waarschijnlijk een antwoord als: 'Hij houdt heel erg van wielrennen, nou, ik helemáál niet, ik wandel veel liever!' Waaruit maar blijkt dat beide geliefden houden van sporten in de buitenlucht.

Toch kan het leuk zijn om praatjes te maken met mensen met wie je misschien wel niets gemeen hebt. Ik heb eens, op de fiets, een heel interessant gesprek gevoerd met een vrouw die mijn mobiele telefoongesprek had afgeluisterd, en even wilde inhaken. Een normale reactie zou zijn: 'Rot op, ik houd er niet van als ik afgeluisterd word.' Maar die dag was ik heel blij en we begonnen een leuk gesprekje. Over het mooie Engelse woord *shambolic* – wanneer heb je het daar nou over?

Stel je voor dat de vrouw op de netwerkavond eens had gepraat met de vrouw die geen kinderen had! Over het leven in het algemeen! Of over films! Of wat mij betreft over recepten! Misschien waren ze dan wel vriendinnen geworden.

Soms moet je ook een beetje tegen de psychologie in willen gaan.

Ornamentje

'Zeg het maar eens honderd keer achter elkaar en durf dan nog eens te beweren dat het een normaal woord is: ornamentje. Orrrnamentje. Ornamentje.'

Goeiemoggel

Op het moment dat je moeder je sms't: 'W8 ff, ben er bijna,' dan weet je: van die sms-taal komen we niet meer af. Hopeloos ingeburgerd.

Dat hadden ze bij KPN goed aangevoeld. Hun commercial voor mobiel e-mailen ging over de enorme aantallen spelfouten die per sms worden begaan. Ja, die: 'Goeiemoggel, ik heb even een sproedje, 5 kiklo inktvip.' 'Ik word knetterbek van die sproedjes, dit is de afdeling transploft!'

Blijkbaar is dit voor veel mensen zo herkenbaar dat 'goeiemoggel' een kleine taalrage werd. Honderdduizenden hits op Google, je kon er T-shirts van kopen, er is een dancenummer van gemaakt, waarvan weer ringtones bestaan, er is een carnavalskraker ('Goeiemoggel, ja ik roggel het wiel'). En bloggers zijn zo enthousiast met het woord aan de slag gegaan dat ze bijna gelukkig lijken. Bij het reclamebureau dat de campagne verzon hoopten ze op een vermelding in de Van Dale.

Dat laatste was wel erg optimistisch. Er zijn vaker taaltrends, die vooral leuk zijn omdát ze niet eeuwig duren. Ze worden populair gemaakt door kantoorpersoneel en scholieren. Beide groepen worden tenslotte gedwongen om acht uur per dag met elkaar in een bedompte ruimte te zitten. Dan is melige humor vaak de enige redding.

Nu was dat een tijdje 'goeiemoggel', even daarvoor was het nog 'goeiesmorgens', ontleend aan *Debiteuren/Crediteuren* van *Jiskefet* (je kon ook zeggen: 'Goedemorgen deze morgen,' dat was minstens even grappig.) Met zo'n instantgrap lieten kantoormensen in het ganse land aan elkaar zien dat ze a) humor hadden, en b) hun eigen kantoorbestaan ironisch bekeken. 'Goeiesmorgens' hield heel lang stand, maar schopte het niet tot de Van Dale.

En zo zijn er meer voorbeelden. Ik herinner me dat het in de oertijd (de jaren tachtig) een tijdje heel erg in was om elkaar te begroeten met 'ni hao'; dit omdat er net een fijne Teleaccursus Chinees was, en Chinees, dat was toen nog echt een gekke taal waar bijna niemand van gehoord had.

Een tijd lang is zo'n taalhype een teken van 'erbij horen'; je hebt televisie gekeken en je weet wat er bedoeld wordt, en dat kun je laten zien door op het juiste moment 'even Apeldoorn bellen' te zeggen.

Kort daarop komt er een omslagpunt. Wie de bewuste uitdrukking dan nog gebruikt, is verouderd en laat juist zien er níét bij te horen. Een tijdje was 'goeiemoggel' nog de spijkerbroek van Kate Moss, maar inmiddels is het alweer de stonewashed *blue jeans* waar je nog niet klussend in aangetroffen wil worden.

Helder

'Helder?'

'Ja.'

'Als ik vraag: "Helder?" dan moet je antwoorden met: "Helder."'

'Oké.'

'Helder?'

'Helder.'

Schijt

'Ik heb schijt aan de overheid!' Dat was de leus van de scholieren die aan het staken (spijbelen, maar dan met morele rechtvaardiging) waren. Die term kwam uit een of ander cool rapnummer, en deed het dus goed bij de kinderen. Soms spelden ze het als 'scheit aan de overheid,' wat qua 'visueel binnenrijm' (nieuw bedachte term) inderdaad beter stond.

'Ik heb er schijt aan' is een merkwaardige uitdrukking. Zou het niet logischer zijn om te zeggen 'Ik smeer er schijt aan?' Dat is een krachtiger beeld, en ook agressiever. 'Schijt hebben aan': van wie is die schijt dan? En waar zit het precies aan? Het is te vaag en te verwarrend.

Daarnaast is het woord 'schijt' op zich al vreemd als Nederlands scheldwoord. In iedere cultuur worden scheldwoorden bedacht op grond van taboes of obsessies. In Spanje moet je bijvoorbeeld echt niet zeggen: 'Je moeder is een hoer.' Dat heeft iets te maken met allesoverweldigende familiebanden. De oer-Hollandse reactie op zo'n opmerking zou waarschijnlijk zijn: 'Nou, we zeggen liever dat ze *in de prostitutie zit*, hoer vinden we zo'n naar woord.' Familie, het is onze obsessie nu eenmaal niet.

'Motherfucker' zou het bij ons dus ook niet doen, omdat we het eerder intrigrerend of meelijwekkend zouden vinden als iemand met zijn moeder naar bed gaat, dan heel erg verschrikkelijk. ('Maar hoe vaak doen ze het dan? En vindt zij het ook lekker? Echt waar?')

Terug naar de schijt. Wij worden omringd door anaal gefixeerde landen zoals Engeland ('shit'), Duitsland ('Scheisse') en Frankrijk ('merde'). Wijzelf hebben minder met uitwerpselen. Ja, strontchagrijnig, pissig, schijtziek, maar echt rijk is de oogst wat dat betreft niet.

Als we schelden doen we dat liever met a) ziektes of b) geslachtsdelen. Je zou dus eerder verwachten dat de scholieren iets zouden bedenken met a) tyfusoverheid of kankeroverheid, dan wel b) klote-overheid of kutoverheid. Maar nee, het is schijt geworden. Het zit hem waarschijnlijk in het rijm.

NEUKEN ETCETERA

Iemand vroeg mij of ik niet ook vond dat de taal aan het verloederen was. Alles werd maar platter en lelijker, en de samenleving zakte daarmee ook helemaal af. Ik vroeg of hij het had over het gebruik van een woord als neuken. 'Ja, dat woord bijvoorbeeld,' antwoordde hij. Hij sprak het zelf liever niet uit. (Hij werkte bij de EO, maar ik zet deze opmerking tussen haakjes omdat ik vind dat ik anders te openlijk aan het christen-discrimineren ben.)

Dat het woord neuken nu vaker valt dan dertig jaar geleden vind ik geen verloedering. Natuurlijk, mensen die dertig jaar zijn weggeweest uit Nederland, zullen bij een bezoek aan het vaderland schrikken. Maar dat betekent nog niet dat de samenleving verloederd is.

Ik zie het zo: hoe meer mensen lekker vaak 'neuken' zeggen, hoe normaler het wordt. Neuken is dan niet schokkend meer, en geeft dus ook niet meer aan hoe verloederd het hier is. Er is alleen een nieuw woord salonfähig geworden. Neuken neuken neuken neuken neuken.

Dat ik niet in verloedering geloof, wil nog niet zeggen dat ik niet blij kan zijn als sommige modes weer uit raken. Een voorbeeld: 'Ja, dat was heel leuk was dat.' Of: 'Nee, dat is echt niet normaal is dat.' Laten we het de 'dat is... is dat'-constructie noemen. Die hoor ik nooit meer! Alsof hij er nooit is geweest.

Volgens mij vindt er in het Nederlands een grote 'ontloedering' plaats.

Eerlijk

Hoed je voor mensen die eerlijk zijn. 'Als ik even heel eerlijk ben...,' dat betekent eigenlijk nooit dat er iets leuks gezegd gaat worden. Het betekent dat er een heel nare mededeling op komst is, die echter door het predikaat 'eerlijk' toch nog te pruimen moet zijn. 'Als ik heel eerlijk ben moet ik bekennen dat ik niets meer voor je voel.' Dat werk.

Soms wordt er pro forma nog toestemming gevraagd voor de eerlijkheid. 'Mag ik eerlijk zijn?' Het antwoord ligt natuurlijk al vast, want er is niemand die dan nog gaat zeggen: 'Nee, doe maar liever niet eerlijk, hou me maar voor de gek, en spaar mijn gevoelens.'

Er zijn ook mensen die hun eerlijkheid achteraf opvoeren, bij wijze van excuus: 'Ik vond het niks. Maar nu ben ik héél eerlijk hoor.' O, gelukkig, je was eerlijk!

Interviewers zijn meesters in zulk soort positief klinkende, maar eigenlijk kritische inleidingen. Let maar eens op deze trend in interviewersland: 'Met alle respect...' Wat erna komt, is misschien wel respectvol, maar meestal ook dodelijk: 'Met alle respect, dat ministekken is toch een beetje een kinderachtige hobby?'

'Begrijp me niet verkeerd' is zo mogelijk nog dodelijker. Als iemand zegt: 'Begrijp me niet verkeerd, accountmanager is natuurlijk een fascinerend beroep...' dan weet je in ieder geval wat je níét hebt, en dat is een fascinerend beroep.

Uit zelfbescherming kun je al zulk soort inleidingen maar beter wel verkeerd begrijpen.

De Ardennen

'We reden door de Ardennen, en in ieder dennenbos zat een kinderverkrachter. Het was echt elke keer raak. Frappant.'

De hel

Dit zei Twan Huys in *Nova*: 'De separeercel. Klinkt als de hel.' Dat klopt natuurlijk wel; als je in een separeercel moet zitten, weet je waarschijnlijk vrij goed hoe de hel voelt. Toch klonk Twans uitspraak een beetje raar, en dat komt doordat het woord 'hel' de laatste jaren aan een ongekende betekenisinflatie onderhevig is geweest. 'Fuck, het regent. Wat een hel.' Of: 'Ik moet naar het feestje van Natasha, nou, dat is dus echt De Hel, want daar gaat het gegarandeerd de hele avond over fiscaal recht.' De hel betekent inmiddels 'iets waar ik geen zin in heb' of 'iets wat een beetje tegenviel'. Toch iets anders dan een vlammenzee waarin je terechtkomt na een zondig leven.

Je kunt het tegenwoordig trouwens ook hebben over 'de complete hel' (je vraagt je af wat de incomplete hel dan is; een lauwwarme vlammenzee?), of 'een totale hel' ('Dat zeilweekend was echt een totale hel. Drie dagen liggen kotsen.')

Dat Twan Huys de separeercel 'de hel' noemde, kwam dus eigenlijk te *casual* over. Ik betrapte me op de gedachte: De hel, Twan? Die separeercel is echt wel iets erger dan de hel, hoor!

Zoals voor de meeste uitspraken geldt, is de betekenis ervan nogal afhankelijk van wie hem uit, en met welke intentie. 'De hel' is dus alleen maar ongevaarlijk als de spreker er iets ongevaarlijks mee bedoelt. Dat de hel ook heel ongezellig kan zijn, bleek in het onvolprezen tv-programma *Puberruil XL*, waarin twee pubers een week van leven ruilen. Bij de bewuste aflevering kwam een heel lief Amsterdams skatermeisje in een christelijk dorp terecht. Tijdens een kringgesprek in de kerk werd deze lieve puber toegevoegd dat zij in haar huidige, heidense staat zéker in de hel terecht zou komen. De klassieke hel, welteverstaan, inclusief duivel. Er werd natuurlijk heel blij-christelijk en warm-menselijk overheen gepraat, want bekering zou een hoop oplossen, maar toen was de sfeer helaas al helemaal naar God.

Goed geïnformeerd

'Ik heb gehoord dat El Kweeda toch nog behoorlijke voet aan de grond heeft. Dat moet je niet onderschatten.'

Tokkie tokkie

Gek woord, 'gek'. Je kunt er nogal veel mee, namelijk. Je hebt bijvoorbeeld de 'gek mens ben ik, hè'-vrouwen. Die bedoelen het als compliment aan zichzelf. Ze hebben jaren onderdrukking van zich afgeworpen en zijn nu eindelijk aan het zingen op de fiets en ze dragen etnische gewaden. Gek hè?

Wat je ook vaak hoort is dit: 'Mag ik jou een heel gekke vraag stellen?' De vraag die daarna komt is bijna nooit gek. Bijvoorbeeld: 'Ben jij nog bezig in die krant?'

'Maak me gek' betekent nooit: zorg dat ik in een psychiatrisch ziekenhuis terechtkom. Idem voor 'mij krijgen ze niet gek.'

De saaiste, geestelijk gezondste mensen kunnen zeggen: 'Nu ga ik iets heel geks doen, ik neem nog een boterham.'

Gek is dus een woord dat aan afzwakking onderhevig is. Zelden wordt het nog gebruikt zoals het eigenlijk bedoeld was, namelijk 'geestelijk gestoord'.

Als je iemand echt gek vindt, kun je andere dingen zeggen. Zelf ben ik een groot fan van 'koekoek'. Vooral omdat je dan midden in een zin ineens keihard 'koekoek' mag roepen, op de melodie van een koekoeksklok: 'Ken je Annemieke? Die is echt KOE-KOEK!'

Ook fijn, nog uit mijn kindertijd: 'tokkie tokkie,' met een heftig tikken tegen het voorhoofd (Dit heeft trouwens niets te maken met de familie Tokkie, want die bestonden vroeger nog niet – althans, niet in het publieke domein). Tokkie tokkie kun je zo gebruiken: 'Ja hoor! Bungeejumpen boven een droge rivierbedding! Echt totaal tokkie tokkie!' Uit pure nostalgie ben ik van plan 'tokkie tokkie' weer in te voeren.

'Gek' moet ondertussen gebruikt worden om enthousiasme uit te drukken, en dat kan met behulp van allerhande verrassende voorzetsels. 'Ik ben gek op paella.' Of, raarder: 'Wij zijn gek van Vlieland!' Of: 'Ik ben gek met paarden.' En het allergekste: 'Ministekken, daar zijn wij gek mee!'

Gaat het?

'Gaat het?' riep de vrouw die zag dat ik gevallen was.

'Nee!' zei ik.

'O,' riep ze, terwijl ze doorfietste.

Een!

Lidwoorden, hebben we die echt nodig? Ze zijn vooral verwarrend. In veel talen bestaan ze ook helemaal niet – het Japans bijvoorbeeld.

Daarom is het benadrukken van lidwoorden een rare bezigheid. Waarom zou je het onbelangrijkste deel van de zin een extra dreun geven? 'Haarlem, dé stad waar je nog lekker kunt winkelen.' Of: 'Het Batavierenmuseum, hét museum waar de Batavieren tot leven komen.'

Het benadrukken van het onbepaalde lidwoord ('een') is weer een heel ander verhaal. Op een gegeven moment is er iemand die heeft bedacht dat het spontaan en grappig is om te zeggen: 'Één heel goede middag!' Alsof een middag iets is dat je bestelt bij een broodjeszaak.

Ook heeft iemand, nog niet zo heel lang geleden, verzonnen dat je met het benadrukken van 'een' een analytisch tintje kan geven aan een verder alledaagse zin.

Vroeger zei je: 'Mensen als Joop den Uyl, Wim Kok en Wouter Bos, die hebben de Partij van de Arbeid echt een gezicht gegeven.' Nu gaat dat zo: 'Een! Joop den Uyl, Een! Wim Kok, Een! Wouter Bos... die hebben de Partij van de Arbeid echt een gezicht gegeven.' Belangrijk is dat 'een' hier niet wordt uitgesproken als 'één', maar meer als 'un'.

Wie 'een' benadrukt, suggereert dat er algemeen geldende regels aan het werk zijn. Dat er voorbeelden genoemd worden die staan voor véél grotere maatschappelijke bewegingen. 'Ún Mysteryland, ún Lowlands, ún Pinkpop... mensen hebben blijkbaar de behoefte samen een gevoel van gemeenschap te beleven.'

Waar het natuurlijk op neerkomt is dat 'un' vooral aankondigt dat er een zogenaamd interessant ideetje aankomt, dat de spreker heeft bedacht toen hij net op de wc de *Ditjes en Datjes* aan het lezen was. 'Ún Sonja Bakker voelt natuurlijk haarfijn aan waar het naartoe gaat in Nederland.' Jaja.

Fascinatie

'Hij had een fascinatie voor de vrouw in al haar verschijningsvormen.'

Ik was een koiboi

Kinderen spelen vaak in de verleden tijd. 'Dan was ik de prinses, en ging ik slapen.' 'En toen ging de wekker. Tring!' Ik herinner me dat van vroeger. Je riep nooit: 'Ik ben een indiaan,' maar altijd: 'Ik was een indiaan.' Alleen bij voetballende jongetjes was dat anders, die riepen om de haverklap: 'Ik ben Cruijff.' Maar dat had iets met grootheidswaan te maken.

Ik vraag me af waarom kinderen meestal de verleden tijd gebruiken bij het spelen. Komt het doordat alle verhaaltjes en sprookjes die kinderen voorgelezen krijgen in de verleden tijd staan? 'Er was eens, lang, lang geleden...'

Of doen kinderen dat om aan te geven dat ze heus niet gek zijn? Dat ze niet echt denken dat ze een prinses zijn, maar dat ze maar doen alsof? Maar waarom zeggen ze dan niet iets als: 'Stel, ik ben een prinses.'

Misschien heeft het ook iets te maken met macht willen hebben over het verhaal. Stel, je speelt in de tegenwoordige tijd, en je zegt: 'Er komt een ridder naar het kasteel!' Dan kunnen je medespelers makkelijk zeggen: 'Helemaal niet. Er komt een draak. Waarom een draak? Omdat ik het zeg.'

Als je daarentegen zegt: 'Er kwam een ridder naar het kasteel,' dan kan iemand dat wel ontkennen, maar dan kun je zeggen: 'Ik kan er ook niets aan doen, zo is het nu eenmaal gebeurd.' Ook al is het allemaal maar fantasie en is dus niets echt gebeurd.

Schattig

Ik zat na te denken over dingen die schattig zijn. Een kind dat nog maar net kan lopen. Een kat met een verband om het pootje. Een eenzame tijgerbaby. Volgens mij is iets schattig als het met hulpeloosheid te maken heeft. Als wij, volwassen mensen, reddend op zouden kunnen treden. Een gewone kat redt zich wel, maar een kat met een gebroken pootje... ahhhh! Kinderen die net kunnen lopen zouden het zonder hulp van ons natuurlijk ook nooit redden.

Hulpeloos is schattig. Maar niet alle vormen van schattig zijn ook hulpeloos. Kijk maar naar kinderen die nog veel taalfouten maken: die zijn ontegenzeggelijk schattig. Terwijl taal niet bepaald een eerste levensbehoefte is; ook zonder correcte werkwoordsvormen kun je overleven.

Nu zou je kunnen zeggen dat taalfouten wel degelijk hulpeloosheid uitstralen en dat ze daarom schattig zijn. Toch klopt dat niet. Want: een kind dat net leert lopen, wil je instinctmatig leren beter te lopen. Een kat met gebroken poot wil je naar de dierenarts brengen. Maar een kind met taalfouten? Ik kende een jongetje van bijna vier dat het consequent over slurfen had, in plaats van smurfen. Lief! Geen haar op mijn hoofd die er aan dacht om te zeggen: 'Het is sMurfen, hoor!' Ik voelde geen enkele behoefte om reddend op te treden. Daar was dat 'slurfen' veel te schattig voor.

Smurfen

De smurfen zijn trouwens de vijftig gepasseerd. Ze hebben Abraham gezien, of in hun geval: Vader Abraham – sorry voor deze grap.

De smurfen hebben ons veel geleerd, over alternatieve gezinsvormen bijvoorbeeld. Waarom zouden we ons allemaal in stelletjes moeten opsplitsen als we ook gewoon één lekker wijf (smurfin) in een paddenstoel kunnen zetten? Ik bedoel maar.

Maar vooral op het gebied van taal zijn ze natuurlijk van onschatbare waarde gebleken. Waren het niet de smurfen die ons leerden dat werkwoorden helemaal niet nodig zijn? Dat mensen je toch wel smurfen als je overal 'smurfen' zegt?

'Smurfen' is het werkwoord dat helemaal niets betekent, en daarmee tegelijkertijd alles.

Jammer dat het woord al sinds de jaren negentig uit is. Want er is niet echt iets voor in de plaats gekomen. 'Vogelen' is natuurlijk ook redelijk betekenisloos, 'frutten' ook, maar die woorden roepen toch nog iets onhandigs of nutteloos op ('Nee, ik zat maar wat te frutten'). Smurfen is daarentegen helemaal neutraal. Eigenlijk is 'smurfen' voor de werkwoorden wat 'dinges' voor de zelfstandige naamwoorden is. En 'dingetje' voor mensen van wie je de naam vergeten bent. 'Dingetje, die ene, die met die dinges, die is weggesmurft van zijn vrouw.' Dat klinkt goed.

Mensen hebben blijkbaar behoefte aan taal die niets zegt. 'Enzo' is ook zo'n voorbeeld. 'En toen gingen we zwemmen, enzo.' Niemand weet wat 'enzo' betekent, en niemand is er ook echt in geïnteresseerd. 'Nou ja, hoe dan ook...' en er dan niets achter zeggen. Volkomen leeg, maar helemaal geaccepteerd.

We leven in een tijd van *less is more,* dus het is alleen maar logisch om ook in de taal die zenhouding aan te nemen. Hoog tijd dat 'smurfen' teruggesmurft wordt.

Sensitief

'Hij is een warme, gevoelige, sensitieve man, maar zeg maar niet dat ik dat gezegd heb.'

Jezus, wat crisis

Een veelgehoorde klacht: Alles heet tegenwoordig maar een crisis. We hebben de klimaatcrisis, de kredietcrisis, maar ook een persoonlijk dipje heet meteen een identiteitscrisis, een carrièrecrisis of een relatiecrisis. Het leven is een aaneenschakeling van crises. (Grappig trouwens hoe sommige mensen dit meervoud zo correct mogelijk proberen uit te spreken, 'criseeees', opdat ze maar niet 'crisissen' hoeven te zeggen.)

Dat alles een crisis genoemd wordt, vinden veel mensen moeilijk en vervelend. Dat leidt tot inflatie van het begrip, en ook al maakt dat objectief ('in de portemonnee') niets uit, mensen willen geen inflatie. Er was een geïnterviewde hoogleraar die het zo zei: 'Crisis? Het is allemaal zo relatief. De Tweede Wereldoorlog, dát was een crisis.'

Een onbedoeld komische zin. De Tweede Wereldoorlog een crisis? Véél te zwak uitgedrukt. Blijkbaar is de inflatie van 'crisis' al zo ver gevorderd dat het te alledaags is geworden voor echt erge dingen.

En toch. Volgens mij werd 'crisis' in de jaren negentig veel meer gebruikt. Maar dan meer zo. Je kwam bijvoorbeeld een jeugdherberg binnen en daar zag je oude mottige dekentjes op dunne matrasjes, gereformeerde jongeren met gitaren en bruine tegels op de vloer. Dan was het enige juiste wat je kon zeggen: 'Jezus, wat crisis hier.' Zonder lidwoord dus.

Overal kon je crisis tegen zeggen. 'We hebben een

proefwerk, crisis.' 'Crisis, m'n fiets is gejat.' Een vies restaurant was een crisistent. Een kampeervakantie op een *camping municipal* was een crisisvakantie. Ruziënde ouders hadden duidelijk een crisisrelatie.

De regel was eigenlijk heel eenvoudig: als iets kapot, onhygiënisch of algemeen tegenvallend was, was het crisis. Die betekenis van 'crisis' is nu nagenoeg verdwenen – we gebruiken het woord nu toch voor belangrijker dingen.

Waarmee bewezen is dat inflatie en deflatie in de taal best naast elkaar kunnen bestaan.

Hoi! O

Dit is het 'Hoi! O.'-effect: Je ziet iemand op straat die je kent. Je roept: 'Hoi!' maar de ander ziet jou niet. Dan zeg je zelf, licht teleurgesteld: 'O.' Dat zeg je hardop, ook al is het voor niemand bedoeld.

Joe York

Er hoeft maar een natuurramp, een coup of iets anders ergs te gebeuren in een land ver weg, en meteen steekt de verwarring de kop op: is het Birma of Myanmar? En zeiden we vroeger niet 'Burma' in plaats van 'Birma'? En wat is eigenlijk correct? En trouwens, sinds wanneer hebben we het over Mumbai? Was het niet altijd Bombay?

Eens in de zoveel tijd veranderen verre plekken van naam, en dat ligt niet aan de mensen op de verre plekken, dat ligt aan onszelf. 'Peking' was vroeger 'Pepin', en nu is het eigenlijk alweer een hele tijd 'Beijing'. Misschien benadert dat de Chinese uitspraak beter, maar waarom dat belangrijk is, is onduidelijk. Waarschijnlijk horen Chinezen hun eigen uitspraak überhaupt niet terug in de onze, en dan nog: de rest van de zin is in het Nederlands, dus hebben ze er sowieso niets aan.

Nee, het min of meer correct uitspreken van buitenlandse plaatsnamen heeft iets te maken met laten zien dat je betrokken bent, een 'wereldburger'. (Wanneer gaat McDonald's dat woord nou eens gebruiken? Hamburger, cheeseburger, wereldburger. Of is dat allang gebeurd?) Mensen die Beijing zeggen, suggereren dat ze meer van China weten dan mensen die nog bij Peking zijn blijven hangen.

Het gekke is dat deze betrokkenheidsregel alleen geldt voor verre oorden. Stel dat iemand ineens in plaats van 'Parijs' zou zeggen: 'Paris'. Dan zouden we hem een ongelooflijke aansteller vinden.

Hetzelfde geldt voor mensen die Amerikaanse steden te goed uitspreken ('Ik deed een show in El Ee', 'We hadden een tussenstop in Sie-eddel'). Het is trouwens wel een dunne scheidslijn, want té Nederlands is ook niet goed: je moet wel Noe York zeggen, Joe York kan echt niet meer.

Mensen die Barcelona uitspreken als Barthelona zijn natuurlijk niet serieus te nemen, hetzelfde geldt voor Ibitha in plaats van Ibietsa (rijmend op pizza).

Nee, alleen heel verre oorden komen in aanmerking voor semicorrect uitspreken. Als een plek te gewoon is geworden, dan mag er weer gewoon Nederlands verhaspeld worden.

Twijfelen

'Laten we een theorie bedenken waardoor twijfelen ineens tóch heel goed voor je blijkt te zijn!'

New age, dat is inmiddels alweer behoorlijk vijf minuten geleden. Een beetje pre-*nine-eleven*, toen 'de samenleving' er niet toe leek te doen. Lekker navelchakrastaren met z'n allen.

Er hoorde een taaltje bij dat moeilijk te verdragen was. 'Ik was gewoon totaal niet ge*centered*', je kon het zomaar horen zeggen. Of: 'Ik voelde een aanwezigheid, en ik wist dat het een oude ziel was. Nou, dat bleek toen dus ook op de aurafoto.'

Dat kan nu natuurlijk niet meer. Wat je wel nog vaak hoort, en wat volgens mij stamt uit de new age-hoek, is de onzinetymologie. Als je aan onzinetymologie doet, dan geef je een verklaring voor de oorsprong van een woord, die niet klopt, maar wel goed in je straatje past. 'Ja, bewustzijn, dat is natuurlijk eigenlijk bewust-*zijn*. Omdat het erom gaat dat je op een bewuste manier leeft.' Pardon? Het bewustzijn is gewoon iets dat je ervaart als je niet buiten westen bent, of in slaap. Verder niet.

Ook zoiets: 'We zijn niet alleen een echtpaar, maar ook een "echt" "paar".' En deze: 'Biologisch is logisch, want het woord logisch zit er al in verstopt.' Gek, dat hoor je nou nooit over biologische wapens.

Onzinetymologie kan troost bieden. Als mensen je bijvoorbeeld eigenaardig vinden is dat helemaal niet erg, 'want iedereen is op zijn éígen manier áárdig. Eigenaardig. Grappig hè?' Nee, niet grappig, wel om helemaal gek van te worden. 'Ja, hij is zachtmoedig... maar! Om zacht te zijn moet je moedig zijn.' 'Geven is beter dan nemen, want "nemen" begint met "nee".'

Bij onzinetymologen is het: hoe gekker, hoe beter. 'Jaloezie, daar hoef je je helemaal niet voor te schamen. Want kijk maar: Ja!-loezie.'

Volstrekt absurd. Maar als je het over je lippen kunt krijgen, kom je er nog mee weg ook.

Woorden waarvan je je afvraagt waarom je er niet tegen kunt als mensen ze zo uitspreken, want wat maakt het ook uit? Zeur niet zo

Zeuven
Paaprika
Pusel

Een wondertje in ons midden

Het geboortekaartje. Een moeilijk iets. Want wat zet je erop? Ik heb altijd een diepe sympathie voor mensen die alleen maar de naam van hun kind vermelden, de geboortedatum, en *that's it*. Gewicht hoeft voor mij niet, want het zegt me weinig, en lengte al helemaal niet (is dat dan in uitgerekte toestand? Dat staat er niet bij).

Maar waarom zijn er zo veel mensen die méér willen? Mij valt op dat er op de geboortekaart vaak wordt gedaan alsof het pasgeboren kind zelf al een mening heeft, die hij kenbaar kan maken. 'Daar ben ik eindelijk!' roept de baby vanaf de kaart. Ook gezien: 'Jordi is dol op kraamvisite!'

Er staat bijna altijd op het kaartje: 'Bel je even voor je langskomt?' Deze zin stamt uit de tijd dat de telefoon net in zwang raakte, een kleine honderd jaar geleden dus. Er is nu toch helemaal niemand meer die onaangekondigd op kraamvisite komt? Weg met die zin, die is nergens meer voor nodig.

Het ergste is als de ouders humoristisch gaan doen

op de geboortekaart. Hoe moet het in vredesnaam verder met je leven als je ouders een kaart laten drukken met een beschuit met muisjes erop, met daarboven in koddige letters: 'Alleen voor beschuit kom ik eruit!' Deze kaart bestaat echt. Echt.

Paulien

Een heel beschaafde en leuke vriendin van mij heet Vanessa. Zij weet dat mensen vinden dat ze niet bij haar naam past, want dat vertelt iedereen haar om de haverklap.

Het gros van de mensen weet waarschijnlijk niet echt wat voor soort naam hij of zij heeft. Ik weet bijvoorbeeld niet wat voor associaties 'Paulien' oproept. Is het een kaknaam? Een ouderwetse naam? Is het geitenwollensok? Saai? Swingend? Geen idee. Wat voor type is een Paulien? Is een Paulien een vrouw uit de reclamewereld of een secretaresse op een vergeten instituut van een afgelegen universiteit? Drinkt ze rosé of Roosvicee?

De Gekke-namengekte

Vrienden van mij kregen een zoon. Kees. Kees werd in het ziekenhuis geboren, dus de verloskundige was er uiteindelijk niet bij betrokken geweest. Om nog even te laten weten dat Kees gezond en wel ter wereld was gekomen, belden mijn vrienden de verloskundige maar eens op. Haar reactie: 'Kees! Leuk! Is het een meisje?'

Bizarre vraag, zou je denken, maar de vorige twee Kezen die bij deze verloskundige geboren waren, waren meisjes geweest. Dat Kees gewoon een jongensnaam is, is blijkbaar bijzonder.

Dit is natuurlijk het ultieme bewijs dat we helemaal gek zijn geworden met namen.

Is het een reactie op alle 'gewone Hollandse' namen die ook zo in de mode zijn? Daan Sophie Tim Julia? Hoe het ook zij, de afgelopen tijd zag ik in mijn omgeving de volgende namen de revue passeren. De jongens: Oren, Skipper, Spijker, Splinter, Bink, Boet, Broer, Dijk, Hero, King, Djengis, Gras, Bruin, Gajes, Elvis, Stone, Pepper, Tijger, River, Pop en Kenzo. En o ja, een klein jongetje dat August Bonifatius werd genoemd.

De meisjes: Venus, Wiveka, Shibuti, Shobini, India, Muze, Mare, Mirage, Zonne, Lente, Bloeme, Noni Bloem, Reinoa, Lewin Tammes, Delta, Javai, Mus, Tijgerlelie, Bende en Nike. En Wolf – voorheen een rare jongensnaam, nu een rare meisjesnaam.

Het lijkt of ouders hun eigen originaliteit willen bewijzen via hun kinderen. Het mag niet meer gewoon een naam zijn, het moet betekenis hebben, ergens vandaan komen, diep over nagedacht zijn. Ik hoorde van een jongetje dat Jomm heet. Voor de dubbele M is gekozen omdat de ouders alle twee een naam hebben die met een M begint. Van de wet mag het allemaal, zolang je geen achternaam als voornaam geeft, of iets 'ongepasts', zoals een geslachtsdeel. Kortom: de wet biedt genoeg ruimte om finaal de fout in te gaan.

Hoog op de walgindex staat wat mij betreft: je kind noemen naar de plek waar het verwekt is. Florentine is erg ('Van toen papa en ik in Florence waren... heerlijk... toen hij nog wel naar me keek...' – bedankt, te veel informatie). Maar ook Heli heb ik horen langskomen. Vanwege de helikopter die eraan te pas moest komen om de aanstaande moeder naar het ziekenhuis te vervoeren. En trouwens, wat te denken van Diezel. Een meisje. Verwekt in een auto die op diesel rijdt. Ai.

Het meest hilarische aan deze namen vind ik nog dat ik ze later serieus zal moeten nemen. Als ik bejaard ben, en mijn leven moet gered worden door een of andere cardioloog, dan kan het heel goed zijn dat die respectabele man Bietje heet!

Het is allemaal natuurlijk de schuld van de Bekende Mensen. Die geven bij voorkeur heel gekke namen. Ook als ze zelf al een gekke naam hebben (Tatum), geven ze de gekte gewoon door (Toy Travis). Er wordt wel gezegd dat dit komt omdat bekende mensen de drang voelen in alles Bijzonder te zijn. Zou kunnen. Maar ik heb nog een andere theorie. Deze groep is eraan gewend dat alles wat zij doen minutieus bestudeerd wordt door het ganse volk. Aanvankelijk is dat leuk, daarna is het verschrikkelijk, en daarna moet het je volledig koud laten. Als bekende mensen zich niet kunnen losweken van hun publieke imago redden ze het niet, kijk maar naar Kurt Cobain. Als het goed is, krijg je als bekend persoon op een gegeven moment schijt aan de publieke opinie. Als je na dat moment een kind krijgt, is dat praktisch vragen om een gekke naam – en ruzie binnen de familie. Zowie Bowie, de zoon van David Bowie, heeft zijn naam eerst veranderd in Joe, en inmiddels in Duncan.

Toch wil ik ook een lans breken voor de gekke naam. In je jeugd is het even doorbijten, maar als je eenmaal groot bent, en je wilt iets doen waarvoor het nodig is dat mensen je naam onthouden, dan heb je iets goeds in handen. Als Elvis Rot (dochter van Jan Rot) later singer-songwriter wordt, zal haar naam vele, vele malen beter blijven hangen dan Marieke de Vries. Gaat Elvis echter bij de Belastingdienst werken, dan is het weer minder makkelijk. (Of bij een viswinkel! Horror!)

Ik denk dat geen enkele ouder een naam wil geven die echt problemen op gaat leveren, maar aan de andere kant wil ook weer niemand een naam die iedereen al heeft. De top drie voor jongens is nu Daan, Tim, Sem en voor meisjes Sophie, Julia en Lieke. Eén ding weet ik zeker: als ik nu een kind zou krijgen, heet het zéker niet Sophie of Daan.

Ouders moeten dus schipperen tussen 'niet te gek' en 'niet te gewoon': een mooie metafoor voor het hele leven. Ik hoorde van een jongetje (hij zat op een ponykamp voor kakkinderen) dat een gewone naam had gekregen, die toch weer heel gek was: Jan-Jan.

Zo zie je maar, met de beste bedoelingen kan het fout gaan. De aandoenlijkste rare naam die ik ben tegengekomen is verzonnen door ouders die hun kind Brian wilden noemen. Helaas wisten ze niet precies hoe je dat schrijft. Nu heet het jongetje Brain.

PS HET IS DE SCHULD VAN DE BN'ERS

Ruud de Wild en Tatum Dagelet: Toy-Travis
Henk Schiffmacher: Texas en Morrisson (dochters)
Isa Hoes en Antonie Kamerling: Vlinder
Jan Rot: Elvis en Rover Bambam
Bart Chabot (let op, gekte kan plotseling toeslaan): Sebastiaan, Maurits, Splinter en Storm
Ronald Giphart: Tip en Broos
Eddy Zoey: Fender
Corine Boon (actrice): Body James
Rick Engelkes: Teddie en Minka Lee (dochters)
Dolf Jansen: Aike (v) en Cian (m)
Emile Ratelband: Frans Royce en Tjakkalotte (maar deze naam werd door de burgerlijke stand niet geaccepteerd, dus werd het Ninette Corita Emily Chanal, roepnaam Beau Aimée)

PPS NEE, DAN IN HET BUITENLAND

Gwyneth Paltrow en Chris Martin: Apple (v) en Moses (m)
Bruce Willis en Demi Moore: Rumer Glenn, Tallulah Belle and Scout LaRue (dochters)
Michael Jackson: Prince Michael, Prince Michael II (roepnaam 'Blanket'), en Paris Michael

Acteur Jason Lee: Pilot Inspektor
Frank Zappa: Moon Unit, Ahmet Emuukha Rodan,
Dweezil en Diva
Michael Hutchence: Heavenly Hiraani Tiger Lily
Bob Geldof: Fifi Trixibelle, Peaches Honeyblossom, en
Pixie Frou-Frou
Geri Halliwell: Bluebell Madonna
Kim Basinger en Alec Baldwin: Ireland
David Bowie: Zowie (inmiddels Duncan)
David en Victoria Beckham: Brooklyn, Romeo en Cruz
Jamie Oliver: Daisy Boo en Poppy Honey
Madonna: Lourdes en Rocco

Passie

'Als ik geen gedichten zou schrijven, zou ik doodgaan,'
zei hij, en er was geen ironie te ontdekken.

Echt weer zooo Natasha!

Mensen die aan zichzelf refereren in de derde persoon, daar is meestal iets mis mee. 'Zoooo, deze jongen gaat even zichzelf een hand geven, haha!' Dat type. Bang voor het woord 'ik', misschien. 'Nou, belastingfraude, daar moet je bij deze meneer niet mee aankomen!'

Of het type kindvrouwtje dat een babystem opzet en zegt: 'Owww, Debby vindt het niet leuk als je nog wat gaat drinken met je vrienden...' Dit laatste gebruik is natuurlijk geïnspireerd door het taaltje van mensen van een jaar of twee, die in alle oprechtheid nog niet weten dat 'ik' een heel nuttig woord is, dat iedereen gewoon mag gebruiken.

In anekdotes komt het ook wel eens op deze manier voor: 'En toen verloor ik mijn ski terwijl ik in het liftje zat en naar de skileraar zwaaide... echt weer zooo Natasha!' Waardoor de toehoorders de vertelster moeten gaan zien als een klunzig, maar sympathiek personage in een sitcom, terwijl niemand daar uit zichzelf op was gekomen.

De enige die het over zichzelf in de derde persoon mag hebben zonder dat het walgelijk, kinderachtig of bevreemdend wordt, is natuurlijk Sinterklaas. Zoals ook de door hem (en zijn trawanten) gepleegde inbraken gedoogd worden, alsmede het op schoot nemen van kleine kinderen die hij niet persoonlijk kent. 'Zo, Sinterklaas pakt zijn grote boek...' 'Sinterklaas heeft gehoord dat Keesje altijd heel goed zijn bord leeg eet...' Als de goedheiligman het zegt, is het volstrekt normaal en zelfs wel leuk.

Hoe zo'n gewoonte ontstaat is raadselachtig. Misschien komt het door de talloze ooms, opa's en vaders die één keer per jaar Sint mogen spelen, en voor wie acteren dus geen tweede natuur is. Ze moeten zichzelf er steeds van overtuigen dat ze echt Sint zijn, en niet 'ik'. Voor de kinderen maakt het allemaal niet zo veel uit natuurlijk. Gooi wat pepernoten in d'een of d'andere hoek (koekoek) en het is goed.

Wie stout is: de gard

Sinterklaas: feest der verwarring. De liedjes waren voor mij als kind totaal onduidelijk. 'Wie stout is de roe.' Ik had als kleine Sint-gelovige geen idee wat een roe was. Ik vermoedde dat het iets met Winnie de Poe te maken had, want daar kwam een baby-kangoeroe in voor die Roe heette.

Navraag leerde dat de roe het takkenbosje van Piet was. Maar daar deed hij niets mee, want 'dat was vroeger'. Ik stam uit de jaren zeventig, en straffen was toen *niet hip*. Kritiese kleuters zoals ik vroegen zich wel af waarom Piet dat ding dan nog helemaal uit Spanje meezeulde, als hij ons er toch niet mee mocht afranselen, maar goed. Voor een hand pepernoten ben je bereid veel door de vingers te zien.

Er was meer verwarring. Wat waren de appeltjes van oranje? En de gard? 'Ja gewis, dan kwam hij wel?' Gewis?

En het toppunt van onbegrijpelijkheid: 'Makkers, staakt uw wild geraas.'

Sommige kinderen proberen onbegrijpelijke liedjes zelf begrijpelijk te maken. Die zingen dan: 'Miiidden in de wiiiinternacht ging de HEMA ooopen.'

Het moet maar eens gezegd worden, die sinterklaasliedjes zijn geen wonderen van dichtkunst of compositie. Ze lijken vaak in een minuut of vijf geschreven te zijn. 'Gooi wat in mijn laarsje, dank u Sinterklaarsje.' 'Ach,' dacht de tekstschrijver waarschijnlijk, 'het rijmt niet, maar dat merken die kinderen nooit!' Nou, dat merkten we wel, en dat vonden we irritant.

Om aan deze irritatie uiting te geven zongen we: 'In deen of dandere hoek, koekoek!' Of 'Sinterklaas is jarig, zet hem op de pot.' Daar deden de kleuterjuffen over alsof het een doodzonde was; achteraf nogal hypocriet.

Denken – schenken

Oké, over de gedichten. In sommige intellectuele families is het de gewoonte helemaal *over the top* te gaan met sintgedichten ('Doen jullie alleen surprises? Neeeeee, bij óns maakt íédereen voor íédereen een gedicht!'). In zulke families wordt gegruwd van 'Sint zat te denken'. Wat moet je met zulk soort hysterie? Je kunt meegaan in de gekte en elk jaar een nieuw episch gedicht in jambische hexameter afscheiden. Je kunt je ook verzetten en juist met iets heel simpels komen ('Het wordt steeds gekker, hier is een nieuwe wekker.'). Of zoek, heel verfrissend, de middenweg. Ik ken iemand die zich chronisch geïntimideerd voelt door zijn broer, die neerlandicus is. Hij schreef een gedicht dat zo begon: 'Oote, oote, oote... nee, dit begin is klote.'

Sinterklaasgedichten zijn trouwens lang niet zo onschuldig als ze lijken. Vaak worden ze gebruikt om allerlei grieven eens lekker te uiten, en wel anoniem. Die bende onder aan de trap, dat dikdoenerige gedrag in restaurants: afserveren in een gedicht!

Een unieke kans, want verder wordt anonimiteit meestal niet zo gewaardeerd, behalve op internetfora waar GeileJantje43 ongebreideld mag schrijven wie hij graag dood wil hebben/plat wil neuken.

Het rare aan het sintgedicht is dat die anonimiteit nooit lang duurt. Degene die het geschreven heeft lacht bescheiden en neemt complimentjes in ontvangst – maar is zogenaamd niet de auteur, dat is Sinterklaas. Het is een gespeelde anonimiteit waar iedereen in meegaat.

Vanwege dit collectieve toneelstukje geldt helaas de regel dat je niet mag zeuren als je een trap onder de gordel krijgt. Het is dus zaak te blijven glimlachen. En ondertussen alvast nadenken over een revanche, volgend jaar.

Benoemen

'Laten we even proberen te benoemen wat er nu net gebeurde. Chantal? Wat gebeurde er nu net?'

Je weet: het is allemaal geschreven zodat je er kippenvel van krijgt. En tranen in je ogen. Je weet dat er lang over vergaderd is. Je weet dat er niets spontaans aan is. En toch, ondanks die wetenschap, gebeurt er precies wat de bedoeling is: kippenvel en tranen in je ogen. De *acceptance speech* van Obama.

Natuurlijk, er waren verwarrende momenten. Toen Barack over zijn partner begon en zei dat het een man was, leek dat even de meest spectaculaire coming-out uit de geschiedenis. Hij bleek het, teleurstellend genoeg, over zijn *running mate* Joe Biden te hebben. Toen hij daarentegen zijn beste vriend bedankte, was dat Michelle Obama (zou ze daar nou blij mee zijn geweest? Eerst noemde hij haar zijn beste vriend, toen 'the rock of our family', en toen pas 'the love of my life' – hm).

Obama bedankte ook zijn broeders en zusters. Had hij het over zijn gecompliceerde familierelaties of ging het, breder, over alle gekleurde medemensen in de hele wereld? Dat bleef onduidelijk.

Maar al deze ingewikkelde aanduidingen konden de algemene sfeer niet drukken. Uiteindelijk pik je de essentie er toch wel uit: Zijn dochtertjes krijgen een puppy in het Witte Huis! Wat lief!

Het is een Amerikaans talent om clichés toch ontroerend te brengen. Ligt het aan hun taal? Is het hun training in 'spreken in het openbaar'? Of komt het doordat we al duizend Amerikaanse films hebben gezien waarin precies dezelfde emoties worden aangeroerd?

Nederlanders is dit talent in ieder geval niet gegeven. Nationaal boegbeeld Balkenende maakte dat de ochtend na de speech duidelijk. Hij had Obama 'van harte gelukgewenst' met zijn overwinning. Gottegot. 'Van harte gelukgewenst.' Jan Peter, we zijn toch niet op een zilveren huwelijksfeest in Etten-Leur? Daarna had hij hem 'alle succes toegewenst bij het vervullen van deze zware taak.' Het lijkt me moeilijk om nog minder 'yes we can' te zijn.

Mijn gezin

'Mijn hobby's zijn tennis, golf, en mijn gezin natuurlijk.'

'Aanhalingstekens'

Enige tijd geleden gesignaleerd bij een horecagelegenheid in Amsterdam. Een papier achter het raam waarop stond: 'Wij zoeken "serveersters".' Het was een doodgewoon café, maar vanwege die aanhalingstekens vraag je je toch af wat die 'serveersters' dan moeten doen in die 'gelegenheid'. En of ze dat eigenlijk wel zo 'leuk' vinden, en hoeveel 'kleding' ze 'aan' mogen houden.

Het gebruik van aanhalingstekens vormt de collectieve obsessie van mensen die werken in winkels en cafés, die korte, duidelijke mededelingen moeten opschrijven. De droge tekst is blijkbaar niet goed genoeg, dus moet een en ander benadrukt worden met aanhalingstekens. Het probleem is alleen dat de meeste mensen aanhalingstekens niet lezen als nadruk, maar als ironie.

Dan krijg je dus zulk soort teksten (echt gezien!): 'De koffie is "vers".' Aha, denk je, 'vers', wij begrijpen elkaar. Hier wordt de oude koffie in een grote emmer verzameld, en dan opgewarmd als er een klant binnenkomt. 'Goedemiddag, mag ik een kopje koffie van u, of is-ie "vers"?'

Naast ironie kunnen aanhalingstekens ook duiden op de introductie van een relatief nieuw begrip. Bijvoorbeeld: 'Overal ter wereld beheerst de "Obamania" het nieuws.' Maar ook dat gebruik van aanhalingtekens kan weer vermakelijk zijn, als het begrip helemaal niet zo nieuw is, behalve voor degene die het opschreef. Een lunchroom in een klein dorp waar op de kaart staat: 'Broodje "mozzarella" (italiaanse verse kaas).' Dat is vertederend.

De aanhalingstekensgekte is trouwens een internationaal fenomeen. Op internet zijn talloze voorbeelden te vinden: 'Now serving "pizzas",' bijvoorbeeld. Of deze, op een bord voor een kerk: 'Come in and worship "God" sunday 11 am.'

Er zijn mensen die zich doodergeren aan het verkeerd gebruik van aanhalingstekens. Dat zijn domme mensen. Verkeerde aanhalingtekens vormen namelijk een gratis bron van vermaak, en maken het leven van alledag een stukje ironischer, dus interessanter.

Living on the edge

'Nou, geeft u mij maar zo'n "cappuccino",' zei de vrouw, 'dat wil ik wel eens proberen.'

Zó Nederlands

Bent u ook zo iemand die niet 'met vakantie' gaat, maar 'op reis'? Klinkt veel beter, toch? Een reiziger kan dezelfde dingen doen als een toerist. Gewoon naar de camping in de Ardèche, maar alleen omdat hij vorig jaar echt al te veel Kilimanjaro en Himalaya heeft gezien.

Maar als je een reiziger bent, en je zit tussen de gewone vakantiegangers, dan moet je je wel onderscheiden. De afritsbroek voldoet niet meer, die heeft iedereen inmiddels. Dus wat doe je dan? Je onderscheidt je door middel van je taal.

Op campings met veel Nederlanders is het natuurlijk handig om op luide toon te vertellen over de – overigens veel mooiere – zonsondergangen in Afrika, maar misschien vindt u dat te opvallend.

Subtieler is om af en toe uit te roepen: 'Oh, dat vind ik zooooo Nederlands!' Zelf hagelslag meenemen in de caravan? 'Zooo Nederlands.' Je kop niet boven het maaiveld uit mogen steken? 'Zooo Nederlands.' De wereldreiziger laat merken dat hij weet hoe het elders gaat, en dat hij echt als een buitenstaander naar zijn eigen land kan kijken. Op een licht denigrerende manier, let wel.

'Oh nou, cappuccino ná het avondeten... echt heel erg Nederlands.'

Ikzelf vind het een beetje onzin, al die dingen die 'zooo Nederlands' zijn. Ik vraag me ook af of andere landen het ook zo erg vinden om zichzelf te zijn. Zeggen Franse toeristen ook 'dat is zoooo Frans' als ze hun eigen bakje La Vache qui rit hebben meegenomen naar de Spaanse costa? Ik denk het niet.

Volgens mij is het vooral heel erg Nederlands om bij alles te roepen: 'Dat is zoooo Nederlands.'

Tijd

'Hoe laat is het?'
'Dat weet haast niemand.'

Monotoon

Amerikanen praten monotoon. Wij praten in vergelijking veel melodieuzer. Niet zo melodieus als de Zweden, maar toch.

Dat is een cliché dat bestaat over Amerikaans en Nederlands, waar ik lang in geloofd heb. Inderdaad klinkt een Texaanse olieboer niet altijd even sprankelend en afwisselend. En toen ik in Amerika woonde, vonden mensen mij melodieus als ik weer eens zei:

'You wanna hear what happened to me on my way to the libraryyy?'

in plaats van 'Youwannahearwhathappenedtomeonmywaytothelibrary.'

Vertederde blikken waren mijn deel. Het Europeaantje had weer iets schattigs gezegd. Veel Nederlanders vinden dit een prettig cliché om in te geloven, omdat je manier van praten iets over je manier van denken lijkt te zeggen. Praat je monotoon, dan denk je saai en rechtlijnig. Praat je melodieus, dan denk je veelzijdig en origineel.

Toch kloppen de clichés niet. Ik zat in een Amsterdams café naast een groep Amerikaanse meisjes. Keurige types, die duidelijk niet voor de wiet kwamen, maar voor de Nachtwacht. Een van hen wendde zich tot de ober en zei: 'Ehm... Can I haaave... a slice of that apple pie?

With the whipped cream on the side please?

Thanks.'

Nou, als dat niet melodieus is! Ze besloeg zowat twee octaven in twee zinnen. Vooral dat diepe 'thanks' aan het einde intrigeerde me. Uit de krochten van haar ziel. Alsof achter haar mooie gezicht en haar Amerikaanse gebit een beest zat verscholen, dat af en toe onwillekeurig naar buiten kwam. Daarna ging ze weer praten met haar vriendinnen. 'Reaeaeally? That is so cool! Awesome.' Maar ik moest nog lang denken over het beest in het meisje. 'Thanks.'

Zelf doen

'Mental coach? Heb ik niet nodig, ik ben mijn eigen mental coach.'

En alles

Ken je die mensen? Die van alle nieuwe taaldingen zeggen: 'O afschuwelijk! Ik kan dat niet aanhoren!' Toen 'doei' net in de mode kwam, kon je hele volksstammen op brancards weggevoerd zien worden, omdat er collectieve onpasselijkheid heerste.

Ik ken het gevoel wel, dat je niet mee wil gaan in een nieuwe taaltrend, omdat je denkt dat je er te goed voor bent. Het woord 'vet' (in de betekenis van 'ik vind brommers vet') is er bij mij nooit ingekomen, en dat gaat waarschijnlijk ook niet meer gebeuren.

Maar soms is er ook een taalontwikkeling die fout en

dom is, waar je toch meteen een warm gevoel bij krijgt. Ik heb dat bij de toevoeging 'en alles'. Het leuke aan 'en alles' is dat je het werkelijk overal achteraan kan plakken. 'En toen ging ik naar Oostenrijk en alles, en daar heb ik haar leren kennen en alles.' 'Ik hou van sportvissen en alles.' Kinderen zijn er ook dol op: 'Troy was jarig en die deelde uit en alles.'

'En alles' betekent niet echt iets, het is het taalkundige equivalent van een langzaam uitdovende kaars. De spreker zou nog veel meer kunnen toevoegen, maar besluit dat niet te doen. Vaak gaat de blik op oneindig als 'en alles' ingezet wordt; 'alles' is zo veel dat het verstand er bij stilstaat.

Prinses Máxima heeft mijn hart pas echt gestolen toen ze er bij het eerste televisie-interview, jaren geleden, ineens een 'en alles' in gooide. Zou Willem-Alexander nooit doen. Ik denk dat Máxima ook 'doei' zegt, en wie weet ook wel 'vet'.

Alleen mensen die zogenaamd alles goed zeggen, die gebruiken 'en alles' natuurlijk nooit. Terwijl het zo leuk zou zijn. Bijvoorbeeld in de Tweede Kamer: 'We gaan vandaag debatteren over de asielwetgeving en alles.'

Conversatie

'Zal ik jullie eens een sterk verhaal vertellen?'

'NEE.'

Joden, joden

Tegenover mij woont een man die regelmatig naar buiten komt om flessen in de flessenbak te gooien. Hij steekt een vuist in de lucht en scandeert 'Joden, joden!' Het 'jo' iets hoger dan het 'den', zoals Ajaxfans dat gewoon zijn. Alleen roepen de meeste Ajaxfans dat als ze met z'n duizenden zijn, en bovendien dronken, en trouwens ook alleen in de context van een voetbalwedstrijd.

Mijn overbuurman vindt dit allemaal overbodige randvoorwaarden. Je kunt best in je eentje, op weg naar de glasbak, een beetje 'joden, joden' roepen met je vuist in de lucht. Ondertussen kijk je om je heen of iemand je wel ziet, maar met een blik alsof het je niet kan schelen wat anderen ervan vinden.

De man heeft meestal een joggingpak aan in de kleuren paars en mint. Zijn haar is een soort uitgegroeid permanent. Het zou kunnen dat zijn haar van nature de uitgegroeide permanent-*look* heeft, dat is van een afstandje moeilijk te zien.

Afijn, laatst kwam hij weer naar beneden met een tas met flessen. Ik stond toevallig ook buiten, mijn fiets los te maken. 'Joden, joden,' zei hij. Omdat ik dichtbij was, had hij blijkbaar niet het gevoel dat hij hard hoefde te roepen.

Tegelijkertijd kwam er een toeristenkoppel de straat in gelopen. Het waren actieve zestigers met *matching* windjacks en wandelschoenen waar je 'ook nog best mee in een restaurant kunt zitten' (ergo: Mephisto-schoenen, die de Rijdende Rechter ook altijd aan heeft).

Het koppel was duidelijk verdwaald, want wat moesten ze anders in mijn buurt? Het Anne Frankhuis is ver, en het Rijksmuseum ook. De plattegrond was al uit de rugzak gehaald, de blikken gingen al richting paniek. Na een kort overleg werd duidelijk: de weg zou gevraagd moeten worden. De straat was bijna leeg. Alleen ik stond nog steeds bij mijn fiets, en de 'joden, joden'-man was, al scanderende, fles na fles in de glasbak aan het gooien.

Ik bereidde me al voor op mijn rol als gids, zo een die meteen de hele stad een beetje leuker maakt voor de verdwaalde toerist ('But the Anne Frankhouse is less crowded just before closing time!' – en dat ze dan thuis vertellen dat de mensen in Amsterdam zo aardig zijn. En dat dat dan uitsluitend gebaseerd is op het contact met mij!).

Het echtpaar overlegde nog even en toen stapte de man dapper op ons af.

Op dat moment gebeurde er iets uiterst verontrustends. Namelijk: de toerist wendde zich zonder aarzelen tot de 'joden, joden'-man en vroeg hoe hij naar het centrum moest komen. Aan de 'joden, joden'-man! Niet aan mij, terwijl ik ernaast stond! De vraag drong zich direct op: wat heeft de overbuurman dat ik niet heb? Er was maar één treurige conclusie mogelijk: blijkbaar stel ik me van nature zo afwerend en naar op, dat een nietsvermoedend echtpaar liever in zee gaat met een totale gek dan met mij.

En natuurlijk, als ik dit verhaal vertel, heeft iedereen wel een of andere geruststellende uitleg. ('Als ze buitenlands waren, hoorden ze ook niet dat hij "joden, joden" zei.') Maar dat doet er niets aan af. Het Mephisto-echtpaar moest me niet. Ik voelde dat ik weken nodig zou hebben hier overheen te komen.

Ondertussen legde de 'joden, joden'-man accuraat en aardig uit waar het echtpaar heen moest.

Negentien

'Waren we maar weer negentien, en diep ongelukkig.'

Zou ik heel misschien, wellicht...

Sommige mensen ontroeren me, omdat ze zo ontzettend voorzichtig zijn bij het praten. Ik was op een openluchttheaterfestival in Dronten-West (ja, echt), ik had even niets te doen en had een pianokruk gepakt om op te zitten. Naast mij kwam een vriendin zitten, die ook niets te doen had.

Een schuchtere vrouw kwam op ons af. 'Hebben jullie die kruk nodig?' aarzelde ze. 'Nou, nodig,' zei ik, 'in die zin dat we er nu op zitten.'

Dit was veel te direct voor de schuchtere vrouw. 'O,

oké, nee, dan moet ik even iets anders verzinnen voor Margreet.'

'Wie is Margreet?' wilde ik vragen, maar ik hield me in. 'We kunnen ook wel ergens anders op zitten hoor,' zei ik inschikkelijk, 'als ene Margreet deze kruk nodig heeft.'

'Ja, nou, het zit zo,' hakkelde de vrouw verder, 'het punt is dat Margreet het koor moet begeleiden op de piano, bij de uitvoering. En omdat er geen kruk was, doet ze dat nu al een halfuur staand, gebukt over de piano. Dus vandaar dat ik me afvroeg of de kruk waar jullie nu op zitten heel misschien...'

'Natuurlijk!' riepen wij, en sprongen van de kruk af. Het beeld van de inschikkelijke Margreet die staand pianospeelde en haar vriendin die ook te verlegen was om de kruk onder ons vandaan te rukken deed ons blozen.

Ik was waarschijnlijk als een waanzinnige op die kruk afgerend en had geroepen: 'Nu! Die kruk is nu nodig! Voor Margreet! Hoor je? Voor Margreet!'

Effectief, ongetwijfeld, maar niet zo aandoenlijk.

Heel erg

Luisteropdracht: zet de radio aan. Wacht dertig seconden. De kans is groot dat je het dan al voorbij hebt horen komen: 'Heel erg.'

Er zijn mensen die in elke zin graag een keertje 'heel erg' willen zeggen. Niet omdat het allemaal zo erg is. 'Het was gewoon heel erg confronterend, maar we hebben heel erg gepraat, nou, heel erg heftig.' Wie maar vaak genoeg 'heel erg' zegt, maakt er één woord van: 'heeuwerg'.

Het handige aan 'heel erg' is dat je wat meer tijd krijgt om te bedenken wat je in godsnaam wilt zeggen. Zo hoorde ik iemand in een interview het volgende kunststukje afleveren: 'Die periode was gewoon, best wel, heel erg, die heeft me gewoon best wel heel erg gevormd.'

Het was zo'n hippige jongen die dat zei, zo iemand met veel gevoelens maar ook de juiste nonchalante houding om de meisjes niet af te schrikken. Kijk maar naar de afzwakkingen: als 'heel erg' toch ineens te heftig klinkt, dan kun je er van alles omheen zeggen: gewoon, best wel, 'ergens', op een bepaalde manier, in die zin, nou ja, en noem maar op.

'Heel erg' heeft trouwens niets meer te maken met negativiteit – wat je op grond van 'erg' zou verwachten. Het wordt alleen gebruikt om een mededeling wat extra aan te zetten. Bewijs hiervoor is dat je prima kunt zeggen: 'De verjaardag van tante Ans was echt heel erg erg.' De eerste 'erg' is versterkend bedoeld, alleen de tweede 'erg' heeft de oorspronkelijke betekenis.

In sommige kringen is 'heel erg' echt te kinderachtig of te populair. Mensen met macht gebruiken het bijvoorbeeld liever niet te vaak. Toch moeten ook zij hun mededelingen kracht bij zetten.

De volgende luisteropdracht is: spoor het 'heel erg' van politici op. Goed, alvast een tipje van de sluier: het 'heel erg' van Wouter Bos is 'ontzaggelijk'. Hij zegt het ongeveer een keer per minuut.

Carpe diem

'We zeiden nog tegen elkaar: Voordat we dood zijn willen we nog een keer meedoen aan *Fiets 'm erin*. Dat is helaas niet meer gelukt.'

Neuken

Sex. Seks. Waarom heeft het eerste woord wél iets met lust te maken, en roept het tweede eerder visioenen op van de afdeling geslachtsziekten in een streekziekenhuis? Of erger nog: een sociaal-wetenschappelijke studie ('seksbeleving en maatschappij')? 'Seks' is correct, maar 'sex' zegt waar het om gaat. Het is de x die het hem doet. De x is een sexy letter.

Dat had de EO niet begrepen, getuige hun programma *40 Dagen Zonder Seks*. Daarin werden jongeren gevolgd die het veertig dagen zonder seks moesten stellen. Veertig dagen zonder seks, dat moet lukken, denk je, maar onder seks valt, heel progressief maar toch ook heel calvinistisch, masturberen. Masturberen, hoor ik u denken, dat is toch dat ene wat ik doe om niet helemaal krankzinnig van eenzaamheid te worden? Inderdaad. Veertig dagen is dus een hele uitdaging.

Toch bleek de uitdaging vooral in de taal te zitten. Hoe praten we over neuken, pijpen en beffen zonder dat het vies wordt? Welnu. In EO-*speak* neuk je niet, maar 'heb je seks.' Pijpen is, heel internationaal, een *blowjob*. Beffen (of vriendelijker: likken) bestaat niet, dus daar hebben we het niet over.

De jongere die gevolgd werd, deed met het EO-taaltje mee, en verklaarde: 'Ik heb in een gezonde mate seks.' Maar: 'Ik verlang stiekem naar een rustpunt in mijn leven.' Met rustpunt bedoelde hij: een vriendinnetje.

Nu zijn sexwoorden ook wel echt moeilijk. De meeste

doen het alleen goed tíjdens sex, en hebben dus weinig nut in een neutrale setting. En sommige woorden zijn zelfs tijdens sex onacceptabel. Wie heeft ooit het woord 'vingeren' bedacht? Vingeren! Dat mag toch gewoon niet gezegd worden? (In lesbische kringen wordt 'vingeren' vaak 'neuken' genoemd, dat is de beste taalvernieuwing van de afgelopen dertig jaar.) 'Strelen' klinkt ook eng. 'Tietjes': huuu! En wat te denken van 'erotisch'. Dat is het omgekeerde van erotisch! ('Schat, ik heb een erotisch slipje voor je gekocht.' Bah.)

Bij sex blijft het toch een kwestie van: niet lullen maar doen.

De taal der liefde

Waarin uiteengezet wordt waarom Valentijnsdag een mijnenveld is, en hoe wij levend door dit mijnenveld heen moeten komen.

Zullen we ermee beginnen dat we met z'n allen zeggen dat we Valentijnsdag heel erg stom vinden? En dat het ons opgedrongen wordt door het Grootkapitaal (Amerika!), en dat er op een goedkope manier geld verdiend wordt met emoties die ooit oprecht bedoeld waren? En dat het trouwens ook een manier is om alleenstaanden (sorry, alleengáánden) een triestheidscomplex aan te praten?

Hebben we dat allemaal gezegd? Goed, dan kunnen we het nu hebben over de liefde. En Sint Valentijn. In de derde eeuw waren er twee Sinten Valentijn, de een was bisschop en de ander priester (alle twee dus lekker ter zake kundig op het gebied van de liefde), en beiden werden op 14 februari vermoord. Het kan ook dat het om een en dezelfde persoon gaat. In ieder geval vieren we op 14 februari dus dat een celibataire geestelijke omgelegd werd: romantisch!

De oorspronkelijke bedoeling van Valentijnsdag is dat je degene van wie je stiekem houdt eindelijk laat weten dat dat zo is, maar dan wel anoniem. Stelletjes die allang bij elkaar zijn en nu nog eens met een valentijnskaart komen aankakken, tellen dus eigenlijk niet mee. Moeders die hun zoon een valentijnskaart sturen

('Anders krijgt hij helemaal niets') zijn een beetje eng. Vriendinnen die naar vriendinnen valentijnskaarten sturen om de ander zich minder eenzaam te laten voelen, zijn bezig met een subtiel machtsspel waarbij de ontvangster van de kaart zich uiteindelijk heel erg eenzaam gaat voelen.

Nee, de enige echte Valentijn is van het Cyrano/Heathcliff/Floris-ende-Blancefloer-type: al jaren verliefd, nu met kamikaze-moed een brief gestuurd, want alles is beter dan dit eeuwige smachten. Belangrijk hierbij is dat de geliefde wel een persoonlijke bekende is, want dat maakt het enger – er staat nog een vriendschap op het spel ook.

Zij die hun liefde durven te bekennen aan een vriend of vriendin, dat zijn de helden van de liefde. De mannen en vrouwen die niet wachten op een dronken moment waarin iets dubbelzinnigs gemompeld kan worden, maar die iets opschrijven, dat in de brievenbus doen, en vervolgens dagenlang nagels bijten omdat ze zich druk maken om hun precieze formulering. Want daar gaat het natuurlijk om: de ander voor je winnen met woorden alleen.

De woorden van de liefde liggen gevoelig. Persoonlijk vind ik het woord 'lieverd' echt niet kunnen, reden tot uitmaken bijna. 'Lieverd' in een zin is oké ('Wat ben je toch een lieverd'), maar als aanspreekvorm is het meer dan walgelijk ('Lieverd, zet jij even de vuilniszakken voor me buiten?'). Maar ja, zoals het gaat met walgelijke woorden: op een gegeven moment wordt het walgelijke woord gebruikt door een dierbare vriendin tegen haar vriend, en dan denk ik ineens: ach, wat zal ik ook zeuren! Het klinkt eigenlijk wel lief.

Waarmee ik niet wil zeggen dat het allemaal volstrekt relatief is. 'Poepie' is natuurlijk sowieso, in elke context, heel erg. 'Zeg schat, wil jij nog koffie?' is ook heel erg. 'Hé, lekkere scheet van me,' kan alleen in ironische zin leuk zijn. (Ik kende iemand die wekenlang aannam dat haar vriend dit inderdaad ironisch bedoelde, tot ze erachter kwam dat hij gewoon serieus was. Au.)

Stelletjes die al wat langer samen zijn kunnen soms in een *folie à deux* verzeild raken van creatieve benamingen. 'boemsie-boemsie', 'smurfenkindje', 'wijvenlijf' – meestal is de werkelijkheid erger dan je ooit zou kunnen verzinnen.

Met zulk soort waanzinnigheden heeft de valentijnsschrijver niet te maken, maar dan nog ligt het met de tekst uiterst delicaat. Hij of zij moet ongezien aanvoelen wat de ander wel of niet trekt. Voorgedrukte valentijnskaarten zijn bijna altijd verschrikkelijk. Een steekproef bij de Bruna leverde de volgende teksten op:

1. 'Heel veel liefs op deze speciale dag.' (Het kan bijna niet liefdelozer.)
2. 'Een roos staat voor liefde, begrip en genegenheid... deze is voor jou.' (Een roos staat voor begrip? Sinds wanneer?)

3. 'Jij bent de slagroom op de taart van mijn leven' (Geen commentaar.)
4. 'Waar ik vandaag aan gedacht heb: 1: jou! 2: jou! 3: en nog eens aan jou!' (Mag het iets minder hysterisch?)
5. 'Valentijnsdag met jou? Hihi... lijkt me geweldig.' (De liefde is niet 'hihi'.)

Opvallend is ook dat verreweg de meeste kaarten bedoeld zijn voor mensen die al bij elkaar zijn. Logisch, want stelletjes willen geen moeite meer doen om iets voor elkaar te verzinnen en sturen dus een kaart met een koddige giraffe erop.

Voor de valentijnsheld is er natuurlijk maar één mogelijkheid, en dat is: zelf iets schrijven. Wat verschrikkelijk moeilijk is. Ten eerste: hoe te beginnen?

'Liefste!' Mooi, maar ook wel dramatisch, alsof de schrijver op het punt staat zich voor de stoomtrein te werpen.

'Hallo Herman, ik merk bij mezelf dat ik recentelijk gevoelens voor je ben gaan ontwikkelen' – niet echt sexy.

'Hé, hoi, je raadt nooit wie ik ben, ik vind dit echt supereng!' is weer een beetje schoolmeisjesachtig. Waar de ander natuurlijk best opgewonden van kan raken, maar is het een gezond begin van een relatie?

Dan toch maar het neutrale: 'Lieve Herman.' En dan een mooie gevoelige uiteenzetting over wat je voelt (een diepe liefde die meer is dan verliefdheid of lust alleen), hoe het zo gekomen is (vanaf het moment dat Herman dat jonge katje uit het water redde) en waar het heen moet gaan.

Want ja, waar moet het heen? Uiteindelijk moet toch duidelijk worden wie de anonieme kaart heeft gestuurd – als de ontvanger de liefde beantwoordt, wil niemand namelijk anoniem blijven. De grootste valentijnshelden zetten er dus iets bij als: 'Ik wacht op 16 februari om 16u op je bij de Magere Brug. Als je er niet bent weet ik genoeg. Je Valentijn.' En dan ook echt gaan, hè. En wachten. Tot het donker wordt.

Eigenlijk

Het meest mysterieuze woord uit de Nederlandse taal is wat mij betreft 'eigenlijk'. Eigenlijk gebruik je als je wilt zeggen hoe iets 'in wezen' is, je kondigt de waarheid ermee aan. 'Ik doe wel aan fitness, maar eigenlijk vind ik het niet leuk.' Tot zover nog niet zo veel mysterieus aan de hand.

Maar 'eigenlijk' wordt veel breder gebruikt. Ik ken iemand die een groentewinkel in kan lopen en dan zeggen: 'Ik was éigenlijk op zoek naar een krop sla...' Hij zegt dat met een verontschuldigende blik. Alsof de mensen in de winkel dachten dat hij zomaar binnenkwam, om te kijken of ze elkaar beter zouden kunnen leren kennen en misschien wel vrienden worden. En dat dan nu helaas blijkt dat hij 'eigenlijk' alleen maar een krop sla komt kopen. Voor de groenteman is dit bevreemdend, want hij had niet anders verwacht dan dat mensen bij hem komen om iets te kopen.

'Eigenlijk' kan ook een dodelijk woord zijn. Zo hoorde ik een keer iemand zeggen: 'Nee, het was eigenlijk heel leuk op vakantie.' Dan weet je zeker dat het niet leuk was, maar dat een innerlijke discussie heeft uitgewezen dat klagen geen zin heeft of alles nog erger maakt. En dus was de vakantie 'eigenlijk heel leuk'. Deze vorm van 'eigenlijk' wordt ook gebruikt in zinnen als 'Nieuw-Vennep is eigenlijk een heel fijne plek voor de kinderen,' en 'Eigenlijk is Rita een lieve vrouw, het is meer de onzekerheid die je ziet.'

‘Eigenlijk’ is een woord van zachte heelmeesters, van mensen die heel voorzichtig willen zeggen wat ze echt vinden, maar bij wie dat nooit goed lukt. ‘Eigenlijk wilde ik niet dat je het op deze manier zou horen, maar ik ben dus eigenlijk al een tijdje niet zo heel erg blij meer, dus nu dacht ik eigenlijk dat we misschien beter, eigenlijk...’

Ogen

Sprekende ogen: je hoort wel eens dat iemand dat heeft. Eng idee, lijkt me, als het echt zo zou zijn. Wat niet wegneemt dat ogen mateloos belangrijk zijn bij het voeren van een gesprek. We kennen allemaal de ‘wegkijker’, iemand die wel luistert en knikt, maar ondertussen de kamer aan het rondscannen is op zoek naar mensen die wellicht interessanter zijn. Praten met een wegkijker is nooit goed voor je zelfvertrouwen.

Minstens zo bevreemdend is de staarder. Een staarder kijkt je onafgebroken aan, knikt misschien af en toe, maar je begint je toch op een gegeven moment af te vragen: doet het er nog iets toe wat ik zeg, of probeert die ander rechtstreeks mijn hersenen in te kijken?

Dan heb je ook nog mensen die weliswaar op de gesprekspartner focussen, maar op de verkeerde dingen. Ik moet bekennen dat ik zelf zo iemand ben. Het zal wel iets te maken hebben met angst. Ik moet wel heel veel van iemand houden wil ik hem of haar tijdens een gesprek lang in de ogen kijken. Anders kijk ik liever naar de mond, het haar, het kraagje. Ik kan totaal gefixeerd raken op bungelende oorbellen.

Mijn minst favoriete gesprekspartner is het type mens dat, terwijl je je verhaal aan het vertellen bent, de ogen dichtdoet, onderwijl ja-knikkend. Dat suggereert: 'Ik heb je allang begrepen.' Terwijl je juist bij deze mensen zéker weet dat ze je niet begrepen hebben.

Huilen

'Huilen? Dat doe je maar onder de douche!'

Gloof

Ik heb een hypothese waarvan ik hoop dat iemand er nog eens een scriptie over wil schrijven zodat blijkt dat ik gelijk heb. Hier is-ie: Toen het geloof in Nederland minder populair werd (ontkerkelijking), werd het woord 'geloof' juist een stuk populairder.

Het nieuwe 'geloven' (ook vaak verbasterd tot: gloven, gloofde, gegloofd) heeft niets met heiligheid te maken, en daarom kun je het voor van alles gebruiken, bijvoorbeeld in de betekenis 'zeker weten'. 'Ik geloof dat je beter nog even langs kunt gaan bij oma.' Dat is min of meer een rechtstreeks bevel.

'Ik geloof niet dat dat de bedoeling is', is de opmaat voor een zware reprimande, waarbij die ongedefinieerde 'bedoeling' een extra dreiging vormt.

En: 'Ik geloof dat dat rapport nog niet helemaal af is', is een manier om te zeggen: 'Het rapport is zeker niet af, maar ik ben niet bereid daar de volle verantwoordelijkheid voor te nemen.'

Dat het woord 'geloven' gebruikt wordt om de waarheid te verdraaien is natuurlijk al vervelend genoeg voor mensen die nog klassiek geloven in God of iets aanverwants. Maar wat helemaal moet steken is dat 'geloven' sinds een aantal jaar nog veel breder gebruikt wordt. Een paar voorbeelden: 'Ik geloof niet in antiaanbakpannen.' 'Wij geloven niet in monogamie.' 'Ik geloof gewoon helemaal niet in aardig doen om het aardig doen.'

Geloven heeft in deze betekenis niets meer te maken met 'denken dat iets waar is'. Nee, het betekent dat je een mening hebt, die je graag zwaar wilt aanzetten, zodat anderen denken: Wow, hij/zij víndt echt dingen! Daarnaast is het een fijne uiting van je knotsgekke individualiteit; dat is ook nooit weg.

En het werkt. Probeer het maar eens uit met een of andere onbeduidende mening die je hebt. Bijvoorbeeld: 'Ik vind de Teletubbies stom.' Zeg het nu eens zo: 'Ik geloof niet in de Teletubbies.' Klinkt meteen al een stuk interessanter, toch?

Enerverond

Ik ken een meisje dat van iedereen op haar school (medeleerlingen en juffen) weet of zij 'jongens' uitspreken als 'jonguns', of als 'jongons'.

Inderdaad kun je het gehele Nederlandse volk opdelen in 'on'-zeggers, en 'un'-zeggers. Als een 'on'-zegger een woord tegenkomt waar in de laatste lettergreep 'en' staat, maakt hij daar 'on' van. Let wel: die lettergreep mag geen enkele nadruk hebben, en geen eigen betekenis. Je zult dus nooit 'kermistont' in plaats van 'kermistent' horen, of 'aangewond' in plaats van 'aangewend', maar wel 'levond en wel,' en 'een lekker stukje wandelon'. 'Un'-zeggers zeggen daarentegen 'levund' en 'wandelun'.

De meeste 'un'-zeggers vinden 'on' een beetje ordi klinken. Nu bestaat er een lange traditie onder redelijk hoogopgeleide mensen om ordi-taal als uiting van humor te gebruiken. Om er gewoon eens lekker een 'ik kon hem nog van vroeger' in te gooien. Of een 'hullie'.

Sinds een paar jaar is daar de 'on'-grap bijgekomen. 'Ik vind het gewoonweg mensonterond,' zegt een 'un'-zegger dan. Of: 'Van het concert des levons krijgt niemand een program.'

Waarom het grappig is om ordi-taal te gebruiken, weet ik niet. Het zal heel diep vanbinnen wel iets met klassenstrijd te maken hebben. Feit is dat ik de 'on'-grap zelf ook maak, vaak en veel. 'Ik heb last van mijn gevoelons,' zeg ik dan, of: 'Waar is de koek en zopie ergons?' Soms doe ik het expres met moeilijke woorden, die je verder niet zo snel met ordi-taal associeert: 'enerverond', 'fascinerond', en 'belendonde percelon'.

Het rare met de 'on'-grap is dat je uiteindelijk woorden gaat wantrouwen waar echt 'on' in zit. Afgrond? Klinkt eigenlijk best ordi. Als je maar vaak genoeg ''s ochtonds' hebt gezegd, ga je ook denken dat je met ''s avonds' grappig aan het doen bent. Hè, hou toch eens op met die flauwe grapjes, zeg je tegen jezelf. En voor je het weet zeg je per ongeluk ''s avunds'.

Mens en dier

Er zijn van die pseudowetenschappelijke onderwerpen die het goed doen op feestjes en in het café, omdat ze onpersoonlijk zijn, iedereen ongestraft zelf een fijne theorette mag bedenken, en de sfeer dus gewoon gezellig blijft.

Bijvoorbeeld: Niemand is helemaal homo of helemaal hetero. Of: De Verenigde Staten zijn eigenlijk de moderne versie van het Romeinse Rijk.

Of mijn persoonlijke favoriet: Wat maakt mensen anders dan dieren? Wat dit laatste onderwerp betreft mag er eerst altijd iemand zeggen: 'Maar mensen zíjn dieren!' Als deze formaliteit uit de weg is, gaat iedereen noemen wat er dan anders is. Taal, rechtop lopen, het geheugen, vooruit denken, fijne motoriek, 'de mogelijkheid informatie over generaties heen te dragen'; noem maar op.

Zelf denk ik dat de meest onderscheidende eigenschap van de mens is: schaamte. Dieren hebben buitengewoon weinig schaamte. Ooit wel eens een hagedis van een tak zien vallen met een blik van 'Oeps! Hihi'? Nee, een hagedis valt en scharrelt meteen weer door.

Katten, die zitten ook nergens mee. Eindeloos zeuren om brokjes, die brokjes vervolgens niet opeten, en dan een uur in de deuropening gaan staan draaien. Wat ermee bedoeld wordt is niet duidelijk, maar van schaamte over de eigen aanstellerij is in ieder geval geen sprake. Ze doen ook veel dingen stiekem – van de ene plek naar de andere plek sluipen – maar ze schamen zich absoluut niet. Als een kat weet dat hij iets fout heeft gedaan, kan hij perfect uitstralen: Ik heb het niet gedaan en trouwens er is niets aan de hand. Dat is bijna het omgekeerde van schamen.

Het enige dier dat ik verdenk van het koesteren van gevoelens van schaamte is de hond. (Niet alle honden. De meeste vinden het oké om in het openbaar te neuken. Of met smaak aan hun eigen genitaliën te likken.)

Soms zie je namelijk een hond die zich kapot schaamt. De hond die zich schaamt is altijd een kakkende hond. Hij zit met trillend achterlijf, in ongemakkelijke houding, op de stoep. Hij heeft *second thoughts*. Had hij nou echt niet kunnen wachten tot hij achter een struik kon gaan? Nu zit hij hier, en kijkt met smekende ogen naar de voorbijgangers: 'Let u alstublieft niet op mij, ik vind dit zelf ook uiterst gênant.' Wat het natuurlijk ook is. Ondertussen is het baasje al in zijn zak aan het voelen naar het plastic zakje dat hij heeft meegenomen.

Aandoenlijk, een zich schamende hond. Toch moet je bij honden het gevoel van schaamte wel in twijfel trekken. Honden zijn namelijk eeuwenlang door mensen gefokt om op mensen te lijken. De trouwe hondenblik is door onszelf uitgeselecteerd. Hetzelfde zou kunnen gelden voor schaamte. Misschien is hondenschaamte niets anders dan het *pleasen* van het baasje: 'Kijk, ik poep wel, maar prettig vind ik het niet!'

Even doordenkend kunnen we ons natuurlijk afvragen wat de menselijke schaamte dan voorstelt. Wie weet hebben wij elkaar wel uitgeselecteerd op schaamte. Stel, je doet iets wat niet door de beugel kan, of wat er nogal dom, stom of vies uitziet; dan is het best een goed idee om je eens lekker publiekelijk te gaan zitten schamen, want schaamte heeft iets sympathieks. Wie zich schaamt denkt blijkbaar aan de medemens en doet het daarom goed in de groep.

Gênante taalmomenten

Stel je voor dat alles wat je zegt opgemerkt wordt, en dat alles dan ook nog briljant en origineel gevonden wordt. Dat is wat Johan Cruijff tot voor kort meemaakte. Zelfs versprekingen ('de verdediging was geitenkaas') werden door aanbidders nog geïnterpreteerd als 'júíst heel waar'. De meeste mensen zouden hierdoor van onzekerheid geen mond meer opendoen. Zo niet Cruijff, en misschien is dat nog wel zijn grootste talent: het kan hem weinig schelen wat anderen van zijn taalgebruik vinden.

Inmiddels zijn er steeds minder mensen die mee willen gaan in de hypothese 'Cruijff is God', en dat levert gênante taalmomenten op. Zo was er een gesprek met Tom Egbers, voorafgaand aan een wedstrijd tussen Nederland en Italië.

Tom vroeg heel oneerbiedig: 'Maar wat zeg jij nou ook alweer altijd, Johan? Over de Italianen? Dat ze niet van je kunnen...?' Egbers leek een moeder die bij de slager tegen haar kind zegt: 'En wat zeggen we dan?'

Cruijff werd op slag een verlegen kleuter en vulde schaapachtig aan: 'Dat ze niet van je kunnen winnen, maar dat jij wel van hun kunt verliezen.'

Een duidelijk gênant taalmoment. Gedwongen worden je eigen hermetische spitsvondigheid te herhalen, waarop de ander dan ook nog zegt: 'O ja. Nou, ik zal je maar niet vragen die uitspraak te verklaren, ha... ha...'

Daarna vroeg Egbers heel slinks in een bijzin of Cruijff eigenlijk nog contact had met Van Persie. 'Nee hoor!' riep Cruijff. Dat was duidelijk een leugen. 'Nee hoor!' betekent 'Ja, maar stiekem.' Anders had hij wel gezegd: 'Nee, niet meer.' Daarna maakte Cruijff het erger voor zichzelf door eraan toe te voegen: 'En het doet ook niet ter zake.' Dat is een constructie van het type: 'Nee, de antieke fruitschaal is niet kapot en het was ook niet mijn schuld.'

Twee gênante taalmomenten in één kort voorgesprek. Laten we hopen dat Cruijff toch God is. Gewone stervelingen kunnen dit niet aan.

Voetballiaans

Voetbaltaal is een vreemde en exotische taal, laten we het maar het 'voetballiaans' noemen. Voetballiaans is interessant, omdat de sprekers zich nauwelijks ergens van bewust zijn. Voetballers spreken zonder na te denken over waarom zij de dingen zeggen zoals ze ze zeggen, en dat levert voor de amateurtaalwetenschapper dus mooie, pure momenten op. Zoals je aan een doof persoon kunt horen dat de menselijke lach eigenlijk heel anders klinkt dan we hem doorgaans horen, zo kun je aan voetballers horen hoe taal zich had ontwikkeld als we er niet zo veel over hadden nagedacht.

Het eerste opvallende kenmerk van het voetballiaans is dat het woord 'ik' niet gebruikt wordt. Het is mogelijk om alles met 'je' en 'jij' uit te drukken. 'Je wordt opgebeld door Milan, en op dat moment ga je een traject in...' let wel, de voetballer heeft het hier over zichzelf. Vooral populair is de zinsnede: 'En dan denk je bij jezelf.'

Een ander veelgebruikt woord is 'gewoon'. 'Het is gewoon een kwestie van nu doorpakken', of: 'Je wilt gewoon lekker voetballen.' Hiermee geven voetballers aan dat in hun hysterische leven de normaliteit – althans in theorie – nog wel hoog in het vaandel staat.

Het woord 'de' moet waar mogelijk vervangen worden door 'die'. Dus niet 'de tegenstander', maar 'die tegenstander'.

En elke uitleg begint met het woord 'kijk'. 'Kijk, je moet gewoon zorgen dat je bij jezelf nadenkt over waar het gat in die verdediging zit.'

Gewoon

Minister Cramer was te gast bij *Pauw en Witteman*, waar haar werd gevraagd wat voor adviezen haar 'spindoctor' haar eigenlijk gaf. Paniek. Gehakkel. En uiteindelijk een onduidelijk antwoord over dat het vooral heel belangrijk was om 'gewoon jezelf te zijn'.

Fantastisch advies, jezelf zijn. Pauw en Witteman schamper lachen natuurlijk.

Ik viel vooral over dat 'gewoon'. Want 'gewoon' heeft de bijzondere eigenschap dat het vaak het tegenovergestelde betekent van wat het betekent. Dat klinkt vaag, maar kijk naar het bewijs. 'Gewoon' wordt namelijk gebruikt om iets wat niet gewoon is, gewoon te laten lijken. 'Het is gewoon een kwestie van nu de schouders eronder, dan is die verbouwing voor Oud en Nieuw af.' Als iemand dat zegt, weet je dat die verbouwing met Pasen nog niet af is, dat de hele familie gedwongen mee moet helpen en iedereen een hernia krijgt.

'Wacht, anders vraag je gewoon of Marijke even die zes kilo gehaktballetjes maakt, voor de eindejaarsborrel.' Ja, vraag dat maar gewoon. En dan wordt Marijke gewoon heel erg geïrriteerd en valt gewoon de hele eindejaarsborrel in het water.

Het is met 'gewoon' net als met die borden die je soms op straat ziet, in een ongure buurt. 'Verboden hier auto's te koop aan te bieden.' Dan weet je dus al: hier kan ik ergens een auto kopen, voor heel weinig geld. Ook gezien: 'Strikt verboden hier harddrugs te doen!' Als het niet voortdurend wél gebeurde, zou die mededeling ook niet nodig zijn.

'Hier valt niets te jatten,' heeft de overbuurvrouw achter haar raam geplakt. Ze doelt op haar nieuwe plasma-tv.

Als 'jezelf zijn' voor een minister echt makkelijk zou zijn, dan zou dat 'gewoon' er niet voor gezet hoeven worden.

No way

Er waren mensen die, toen Hillary Clinton uit de race was, vonden dat ze dan maar op McCain moesten stemmen, niet op Obama. Hillary moest dat voorkomen, hield een vlammend betoog, waarbij vooral de volgende zin opviel: 'No way, no how, no McCain.' Het kwam er heel krachtig uit. Als een drietrapsraket.

Maar dat 'no way' klonk toch wat raar, in mijn oren dan. En dat komt omdat 'no way' allang is overgenomen in Nederland, maar niet door de mensen die er echt toe doen.

In Nederland zul je een serieus politicus niet zo snel 'no way' horen zeggen. 'We gaan dus echt no way afstappen van die Joint Strike Fighter. No way.' Dat klinkt niet.

'No way' is in Nederland het bezit van jonge mensen die zich intensief hebben laten inspireren door Amerikaanse televisieseries. Ik zie een student voor me, een meisje, met een blije paardenstaart. Ze zegt bijvoorbeeld: 'Ik ga écht niet nog een keer dat tentamen doen, no way!' Of: 'No way! Ben je met hem naar bed geweest? No. Way.'

Er zijn meer Amerikaanse uitspraken die thuishoren in deze categorie: 'En toen had ik echt zoiets van, whatever, dan doe je het toch lekker allemaal in je eentje.'

Of deze, nog redelijk recent geïmporteerd: 'Mijn ouders moeten maar accepteren dat ik rook, ik bedoel, ik ben geen kind meer, *talk to the hand* weet je.'

Of voor de meer opgeruimde momenten van het leven: 'Enniewee, gaan we nog koffie doen?'

Omdat zulke Amerikaanse uitroepjes in Nederland behoren tot het domein van de jonge mensen zonder macht, klonk het bij Hillary ineens ook een beetje kinderachtig. Alsof ze elk moment haar haar van de ene naar de andere kant zou kunnen gooien en zeggen: 'Nou ja, whatever.'

Waarbij het volgende zij opgemerkt: de 'no way'-zeggende studentenmeisjes beheersen over een jaar of tien natuurlijk wél de Nederlandse politiek, dus dan gaan we 'no way' vanzelf ook serieus nemen.

Toespraakjes

De meeste mensen zijn banger voor 'spreken in het openbaar' dan voor 'doodgaan'. Dat heb ik wel eens gehoord, en ook als het strikt genomen niet helemaal waar is, dan nog zal er wel iets inzitten.

Daarnaast is er een kleine, maar zeer aanwezige minderheid die juist geniet van het houden van toespraakjes. Die elke gelegenheid te baat neemt om het glas te heffen en dan quasi-bescheiden begint: 'Als ik toch ook nog een paar woorden mag zeggen...'

Toespraakjes zijn interessant, omdat ze op zo veel manieren fout kunnen gaan. Je hebt bijvoorbeeld vrij veel toespraakjes die geheel in het teken staan van de zelfverheffing. 'En daarom, Janine, gefeliciteerd met je promotie. Ik ben blij dat ik je een beetje op weg heb kunnen helpen. Dat zie ik sowieso wel als een van mijn missies, dat ik altijd probeer – en heb geprobeerd – om de jonge mensen hier een treetje hoger te helpen. In 1970 al...' Hallo, het ging toch over Janine?

Er zijn ook toespraakhouders die zich ineens ontpoppen als een soort Hans Goedkoop, van *Andere Tijden*. Ik was ooit bij een crematie waarbij iemand eerst de héle geschiedenis van Soerabaja met ons doornam (van oertijd tot KNIL) tot hij eindelijk bij het leven van Tante Wil aankwam: '...en het was aan de voet van de berg de Matipelati dat Tante Wil uiteindelijk het levenslicht zag... in een samenleving die op dat moment nog werd gekenmerkt door een relatieve rust...' We waren tegen die tijd bijna vergeten wie er ook alweer in die kist lag.

Je hebt ook formulesprekers. Dat zijn mensen die waarschijnlijk bang zijn om het woord te nemen, het toch maar doen, en hun toevlucht nemen tot beproefde formules. Dat heeft iets aandoenlijks. Ik kan het in ieder geval altijd wel waarderen als iemand in alle ernst aan komt zetten met een alfabettoespraak. Ik heb er een keer een gehoord waar elke letter meer keren gebruikt werd: 'De t staat voor trouwen. Want dat gaan jullie nu doen. Maar de t staat ook voor een kopje thee, want dat heb ik bij jullie heel vaak gedronken toen het niet zo goed met me ging, toen ik terugkwam uit Finland. En de t staat ook nog voor tranen, want die horen er nu eenmaal ook bij. De u. De u staat voor...'

Het kan dus op een heleboel manieren fout gaan, maar gelukkig ook goed. Je hebt mensen die zo goed spreken dat je wilde dat je alles had opgenomen, op cd's gebrand, en voor grof geld verkocht. Een gladde, geslaagde performance.

Maar het kan nog beter. Ik heb het over het toespraakje waarbij de spreker zelf ook een beetje wordt overvallen, omdat hij niet alles van a tot z in de hand heeft. Laatst hoorde ik er een. Het liep gesmeerd en was hilarisch. Op zeker moment zei de spreekster: 'Ik ben alleen door mijn vader opgevoed. Pas toen ik zeventien was kwam hij op het idee dat ik misschien eens een bh nodig had. Maar ja, die had ik toen natuurlijk allang zelf gekocht. In een verkeerde maat.' Dat was grappig, maar het was tegelijkertijd een heel zielig feitje. De zaal werd stil, en de spreekster van de weeromstuit ook. 'Maar ik ben niet zielig hoor!' zei ze, geschrokken dat iedereen, inclusief zijzelf, ineens ontroerd was. En daarna werd de toespraak natuurlijk alleen nog maar grappiger.

Een goede toespraak heeft een getalenteerde spreker nodig, een grondige voorbereiding, en verder het toeval dat er ineens iets gebeurt wat niemand had voorzien.

De jolige samentrekking

De eerste vraag is natuurlijk: waarom moet het allemaal weer zo lullig klinken? Zeg het maar een paar keer hardop: Burqini. Boerkini. Boer-kini.

Voor wie het niet mee heeft gekregen, of het alweer is vergeten: een burqini (een samentrekking van boerka en bikini) is lichaamsbedekkende zwemkleding voor islamitische vrouwen. Burqini klinkt naar boerenkool. Niet echt sexy, maar dat is natuurlijk ook expliciet níét de bedoeling van het outfitje.

Boerkini is de jongste telg van de familie van wat ik maar even zal noemen de 'jolige samentrekkingen'.

Jolige samentrekkingen hebben relatief veel taalkundige hitpotentie. Als Brad Pitt en Angelina Jolie samen 'Brangelina' worden genoemd, zien we meteen een monsterlijke mix van deze twee *Übermenschen* voor ons, en dat is grappig. Een beetje zoals de baby's van een leeuw en tijger 'lijgers' worden genoemd (die bestaan echt!). Bill + Hillary = Billary, hahaha. Is iemand je collega maar ook je concurrent? Dan is het je conculega. Te veel aandacht in de media voor Obama, dat heet dan meteen Obamania. Kortom, voorbeelden te over.

De jolige samentrekking heeft soms ook iets '*best of both worlds*'-achtigs. Yoghonaise: yoghurt is gezond en mayonaise is lekker – het kan dus toch samengaan, gezond en lekker! 'Medelander' valt in zekere zin ook in deze categorie. En 'consuminderen'.

Kenmerk van de jolige samentrekking is wel dat het niet te ingewikkeld moet worden. Toen Prins Willem-Alexander tijdens een televisie-interview 'consuminderen' veranderde in 'consumanderen' (niet minder consumeren, maar ánders), was dat een brug te ver. Bij een vergezochte jolige samentrekking schakelt het brein accuut uit.

Maar een eenvoudige jolige samentrekking blijft hangen als een ongewenste gast op een feestje. Daphne Deckers noemde haar boek over opvoeden 'pedagoochelen'; verschrikkelijk, maar wel een jolige samentrekking pur sang, dus vergeten is helaas onmogelijk. Hetzelfde geldt voor echt-gehoorde woorden als 'wetenswaardevol' en 'belevenement' ('beleven' *meets* 'evenement').

Wie een nieuw woord op zijn naam wil hebben, wende zich dus tot de jolige samenstelling. Goed, komtie: 'klimatigen'. Ben benieuwd hoe lang het duurt voor een of andere lieve non-profitorganisatie dit woord ook echt gaat gebruiken.

PS Op 28 februari 2008 verscheen bovenstaand stukje in *nrc.next*. Even googelen, en wat blijkt? Reeds op 9 maart 2008 werd het woord 'klimatigen' serieus gebruikt in de weblog van de beheerder van het Naardermeer op de website van Natuurmonumenten. Hij refereert niet aan mijn stukje, waaruit geconcludeerd moet worden dat de Naardermeerbeheerder zelf toevallig óók op het idee van 'klimatigen' is gekomen! Soms hangen briljante ideeën in de lucht, we hebben hetzelfde gezien met de relativiteitstheorie en de evolutietheorie.

Spa Blauw doen?

Iets bestellen in een horecagelegenheid, dat komt vaak neer op psychologische oorlogsvoering. Zowel ober/oberes als klant probeert meteen te laten weten wie hier de baas is. De klant kan bijvoorbeeld heel brutaal zijn en al tijdens het wenken roepen 'Twee koffie, graag', terwijl de ober misschien nog helemaal niet toe was aan het bestelling opnemen. Het enige antwoord waarmee de ober de klant kan terugpakken is een glimlachend: 'Mijn collega komt zo bij u.'

De ober kan ook zelf de eerste slag toebrengen, door de klant te benaderen met een afwerend: 'Wat had u gehad willen hebben?' In gedachten zegt hij erachteraan: '... als ik bereid zou zijn geweest mijn medewerking te verlenen, tenminste.'

Hij kan trouwens veel sturender te werk gaan, door te zeggen: 'Wat kan ik voor u inschenken?' of: 'Alvast iets te drinken doen?' De klant krijgt duidelijk de boodschap dat het niet de bedoeling is om óók al iets te eten te bestellen. Beter eerst dat drankje, en dan pas later iets te eten met (tsj-tsjing, kassa!) nog iets te drinken erbij.

Bij het 'inschenk'-commando komt het dus aan op de tegenaanval van de klant. 'Een cola en ik weet ook al wat ik wil eten namelijk de kroketten. Op wit brood.' Ober (met ingehouden zucht): 'O, dan moet ik even naar een ander schermpje. De kroketten? Op wit of op bruin brood?' Ja, natuurlijk, als mijn inschenkcommando zo overduidelijk genegeerd zou worden, zou ik ook verder niets meer willen onthouden.

De toon is nu gezet, en alleen mensen die totale schijt hebben aan intersociale spanningsvelden, durven nu de waterdiscussie nog aan te gaan: 'En een glas water erbij, graag.' 'Spa Blauw doen?' 'Mag gewoon kraanwater zijn hoor.' 'We hebben alleen Spa Blauw.' 'Het zal wel. Doe dan maar Spa Blauw.'

Geen wonder dus dat het tegenwoordig gebruikelijk is dat de ober aan het eind van de bestelling opgelucht uitroept: 'Dat was 'm?'

Uit eten

'We zaten in een restaurant dat "De gordel van smaragd" heette.'

'O, Indonesisch?'

'Weet ik niet meer.'

Maar élk jaar is een topjaar!

Tegen het einde van het jaar spelen meestal de volgende kwesties: Wat als de oven uitvalt net als vorig jaar, en mijn schoonzus het, net als vorig jaar, nodig vindt daar onderhuidse sneren over uit te delen('Het helpt vaak al heel erg als je je oven af en toe *schoonmaakt*')? Of: Is het verstandig dat ik nu al heb gezegd dat ik Oud en Nieuw vier bij mijn B-vrienden, terwijl mijn A-vrienden nog over de brug zouden kunnen komen met een leuker feest, maar misschien doen ze dat ook wel niet en dan heb ik niets?

'De feestdagen' vormen een periode van geïntensiveerde sociale contacten. Omdat die contacten veel energie en veel emoties kosten, worden de zorgen over de toekomst van een uiterst concrete aard. Weg zijn de twijfels over 'ben ik eigenlijk wel op de goede weg' en 'hoe zie ik mezelf over vijf jaar'. De dilemma's zijn meer van het niveau: 'kerstlingerie. Eigenlijk-wel-opwindend of juist-heel-treurigmakend?'

Daar is natuurlijk niets mis mee. Toekomstdenken levert sowieso altijd weinig op. Ja, zogenaamde conclusies van het type: als ik mijn baan op een gegeven moment écht niet meer leuk vind, dan ga ik naar iets anders op zoek.

Prima dus om het een tijdje heel concreet en dichtbij te houden. 'Hoe krijg ik de tiramisu in de Albert Heijntas?' is eigenlijk een heel zen-achtige, hier-en-nu kwestie. Geniet ervan, zou je zeggen.

Daarom is het zo mysterieus dat juist díé periode van het jaar is verkozen tot de periode dat je je zou moeten bezighouden met goede voornemens.

Net als alle aandacht naar prangende kwesties rondom de bereiding van een zeewolf zou moeten gaan, wordt er van je verwacht dat je eens lekker met jezelf om de tafel gaat zitten voor een evaluatiemiddag.

Er zijn mensen die het doen hoor, het evalueren. Ik ken iemand die een soort jaarverslag over zichzelf schrijft, en dan eens lekker gaat zitten bepalen wat het komende jaar moet brengen. Hoe ongelooflijk levenslustig ben je dan, als mens? Dat je dat aan kunt? Ik stel me voor dat hij dat doet met een glas góéde wijn erbij, en dat hij dan gaat zitten genieten van alles wat hij het afgelopen jaar heeft mogen meemaken. En hoe hij alle ervaringen kan 'meenemen' naar het nieuwe jaar, zodat

dat nóg geslaagder wordt!

Om doodmoe van te worden.

Na zo'n manisch succesverhaal van weer iemand anders zei ik een keer, jaloers: 'Wow. Je hebt, zeg maar, wel echt een topjaar gehad dus?' Waarop hij mij aankeek en zei: 'Ja! Maar élk jaar is een topjaar!' Ho, vriend, denk ik dan, tot hier en niet verder. Je hebt nu de grens overschreden tussen 'normaal' en 'manische stoornis'. Als elk jaar een topjaar is, dan kun je dus net zo goed zeggen dat elk jaar een klotejaar is, want de pieken worden natuurlijk afgemeten aan de dalen. Als alles altijd hetzelfde is, kun je er eigenlijk geen waardeoordeel meer aan geven. Dat hij dat toch deed, bewees dat hem er alles aan gelegen was toch vooral de indruk achter te laten dat hij zijn eigen wil kon opleggen aan het lot.

Gewone mensen, zoals u en ik, weten dat het leven toch meestal maar aanmodderen is. Dat je pas ziet wat er op je pad komt als je je hoofd er al aan hebt gestoten. Voor ons zijn spreekwoorden bedacht als deze: Op hoop van zegen. Als de hemel naar beneden valt hebben we allemaal een blauw hoedje. God zegene de greep.

Hou tegen het einde van het jaar maar op met denken over de toekomst. Douw die tiramisu in die tas, trek desnoods een kerst-bh aan, en zie verder maar.

Nuuw

Ik sluit niet uit dat het een lokaal verschijnsel is. Randstedelijk. Maar het is wel wijdverbreid. Het zou kunnen dat het er altijd al geweest is, maar het stomme met dit fenomeen is dat je het pas merkt als iemand je erop gewezen heeft. En dat fenomeen is: nuuw. In plaats van nieuw. Luister een halfuur naar radio of televisie (of naar de klandizie in een willekeurige horecagelegenheid), en je hoort iemand zeggen (bijvoorbeeld): 'Nee, die drinkyoghurt, die is helemaal nuuw.'

Waarom? Geen idee. Er zit een 'i' in 'nieuw', maar er zijn hele volksstammen die daar blijkbaar vanaf willen. 'Nuuw'.

Ook zo'n uitspraakverandering: de 'v', die eerst een tijd een 'f' was ('ferrekijker'), wordt nu in sommige gevallen een 'w'. Misschien uit een soort hypercorrectie. Het viel voor het eerst op bij het woord 'voice-mail'; dat werd niet 'foice-mail' maar 'woice-mail'. Inmiddels ook gehoord: 'bewolking' in plaats van bevolking. Je vraagt je af waarom we hier in Nederland überhaupt een 'v' willen zeggen als we er alles aan doen om hem tot iets anders te verbasteren.

Hoe dan ook. Het verandert, en voordat iemand denkt dat dat erg is: dat is niet erg. Want taal is nu eenmaal constant onderhevig aan vernuwing.

Het is nu zaak te gaan voorspellen wat de volgende verandering gaat zijn, zodat we over een paar jaar kunnen zeggen: 'Dit zag ik dus al héél lang aankomen.'

Ik heb nu al verschillende malen gehoord dat 'mensen' wordt uitgesproken als 'minsen'. Ik denk dat het komt door Beau van Erven Dorens, want die doet dat van nature (Felix Rottenbirg ook trouwens).

En wat te denken van het modewoord 'bizar'? Bizar kan gebruikt worden voor allerlei situaties die helemaal niet bizar zijn. Zoals: 'We hadden een proefwerk. Echt bizar.'

Maar de uitspraak wordt nog moderner als je niet 'bizar' zegt, maar 'bi-ZOR'. De a wordt een o. Zeg het een paar keer hardop en besef: dit wordt groot, heel groot.

Olumpisch

Er is iets met taal en de Olympische Spelen. Ten eerste is het mysterieus dat er sommige mensen zijn die 'Olumpische Spelen' zeggen, in plaats van 'Olimpische Spelen'. Is dit een invloed uit het Duits? Het Grieks? Waar, toegegeven, 'olympisch' met een upsilon wordt geschreven? Maar dan nog. Waarom volhardt die kleine minderheid in deze uitspraak? Vinden ze dat ze gelijk hebben? Of horen ze het verschil niet?

Omtrent 'taal en de Spelen' heb ik ook het volgende geconstateerd: het is totaal passé om het woord 'medaille' te gebruiken. Het is nu 'plak' voor en 'plak' na. Of 'het goud'. Of, als je Mart Smeets heet: 'De dag van het edelmetaal.' Alles om het woord 'medaille' te vermijden.

Verder gaat het bij de Spelen (en eigenlijk bij alle sporten) vooral om de werkwoorden. Wie over wil komen als sportkenner, doet er goed aan de sportwerkwoorden uit het hoofd te leren. 'Winnen' klinkt bijvoorbeeld veel te passief, alsof die plak je in de schoot geworpen wordt. Daarom is 'pakken' een beter woord: 'En ze pakken het goud!' Valt alles tegen, dan kun je zeggen: 'Het is er gewoon niet helemaal uitgekomen.' Een mooie zin, omdat vooral duidelijk wordt dat 'het' er wél in zit. En dat 'het' er dus op een ander moment alsnog ineens uit kan komen.

Verreweg het meest gebruikte sportwerkwoord is 'ervoor gaan'. Nu bestaat deze uitdrukking, schat ik, sinds de jaren tachtig. Destijds was het een woord voor mensen die in geëxalteerde staat verkeerden. Ze deden bijvoorbeeld mee aan *Sterrenslag*, en dan keken ze met woeste oogopslag in de camera, al gillende: 'We gaan ervoooooor!!!'

Inmiddels is 'ervoor gaan' een heel normaal en rustig woord geworden. Je kunt ook specifiek zeggen waar je voor gaat. 'Nou, we gingen dus voor goud. En dus niet voor minder. Nou en toen hebben we het goud dus ook gepakt.' 'En 2012, gaan jullie daar ook voor?' 'Dat sluiten we niet uit.'

ECH NIE!

Je moet mensen er nooit op wijzen dat ze een accent hebben. Dat heb ik inmiddels wel geleerd. Want óf ze weten het al en willen er niet voortdurend aan herinnerd worden. Óf ze weten het niet en dan komt het omdat ze het ook niet willen weten, want accenten zijn nu eenmaal niet geliefd, alle dialectpopbands ten spijt.

Je moet er zogenaamd trots op zijn, maar er zijn nog steeds hele volksstammen die 's avonds in bed stiekem liggen te oefenen om hun accent kwijt te raken. Echt waar.

Jammer, vind ik, want ik ben zelf wel een accentenliefhebber. Mensen met een zachte g hebben bij mij bijvoorbeeld een streepje voor. Vooral mannen met een zachte g, die zijn aantrekkelijk. Als ik dat aan derden vertel, dan word ik vaak aangekeken alsof ik een eng soort fetisjisme beoefen in mijn kelder.

Ook de Brabanders en Limburgers zelf vertrouwen het zaakje niet. Misschien vinden ze dat ik ze objectificeer. Alsof mijn redenering zou zijn: 'Je bent niet aantrekkelijk om wie je bent als persoon, alleen maar vanwege je zachte g.'

En daar zit wel wat in. Ik weet van mezelf dat ik een rare mengelmoes spreek van 'slordig randstedelijk' en 'kinderen voor kinderen'. Maar o wee als mensen mij aantrekkelijk zouden vinden vanwege mijn kinderen voor kinderen-r! Dan zou ik me ernstig tekortgedaan voelen, als mens.

Een van mijn beste vriendinnen komt uit Culemborg, en daar spreken ze iets dat tussen Brabants en Utrechts in zit. Die vriendin kijkt neer op het echte platte Culemborgs, want dat vindt ze boers.

Wel dacht ik altijd dat ze zelf ook wel wist dat je aan haar kunt horen dat ze uit die streek komt.

Nou.

Dat had ik niet moeten zeggen, want ze sprak gewoon ABN, en dat zou ze zelf toch zeker wel weten? Maar Susan, zei ik (en ik noem haar nu even Susan omdat ze ook echt zo heet), het is toch gewoon een feit dat jij, als er aan het eind van een woord een 't' staat, die helemaal nooit uitspreekt? Susan boos: 'Ech nie!'

JAWOOR!

Ik heb een tip, en die tip heeft te maken met een klein taaltrendje. Dat taaltrendje heerst geloof ik vooral bij mij, en misschien nog drie mensen in mijn directe omgeving. Maar dat maakt het niet minder leuk.

Het is terug te voeren op een grappige man die soms dingen op televisie doet, hij heet Maxim Hartman. Om het geheugen op te frissen: hij is die ene van Rembo en Rembo.

Hij maakt allerlei kleine programmaatjes, het leukste vind ik het programma dat luistert naar de naam *Ja hoor!* Maxim Hartman interviewt mensen over hun beroep. Op nogal willekeurige momenten roept hij ineens tussendoor: 'Jawoor!' Alsof het heel onwaarschijnlijk is wat iemand zegt, terwijl dat nooit het geval is. Hartman interviewt bijvoorbeeld een automonteur, die uitlegt dat APK staat voor Algemene Periodieke Keuring. 'Jawoor!' roept Hartman, en stelt de volgende vraag. De geïnterviewde kijkt bevreemd, maar blijft toch gewoon meedoen.

En nu mijn tip: ga die filmpjes eens bekijken op YouTube. Gewoon zoeken op *Ja hoor*, en dan kom je er vanzelf. Daar kun je middagen mee zoet zijn.

De taaltrend werkt verslavend. Als je eenmaal begint met 'Jawoor!' roepen, dan kom je er niet meer van af. Maar het goede nieuws is: anders dan andere verslavingen is de 'Jawoor'-verslaving niet schadelijk, maar juist buitengewoon heilzaam.

Elk saai gesprek met vriend, vriendin of partner wordt namelijk verlevendigd door af en toe ineens heel hard 'Jawoor!' te zeggen. Het houdt de omgeving scherp, en jezelf daardoor ook.

Nee, écht sorry

'Ach minister Ter Horst, doe er geen cent bij voor deze verwende kereltjes,' zei KNVB-directeur Henk Kesler over de politieagenten die meer betaald wilden krijgen, onder andere voor het uit elkaar houden van gestoorde voetbalfans.

Politie natuurlijk woedend op Kesler. Verwende kereltjes. Het zal je maar gezegd worden. Vermoedelijk is 'verwend' nog niet zo erg, 'kereltjes' wel. Verkleinwoorden zijn namelijk óf lief ('dag schatje van me'), óf denigrerend. 'Meisje', dat is een acceptabel woord, hoewel, als Kesler minister Ter Horst 'meisje' had genoemd (quod non), dan hadden we helemaal de poppen aan het dansen gehad.

Hoe het ook zij, Kesler moest gedwongen excuses

maken. En dat bracht weer een nieuw probleem met zich mee. Niemand wil graag 'sorry' zeggen, en al helemaal niet onder dwang. Daarom zijn er manieren bedacht om 'sorry' te zeggen, zonder dat het je spijt. Als iemand zegt: 'Sorry. Nee, écht sorry', dan vraag je je toch af of die eerste sorry dan níét echt was.

Of, erger nog: 'Het spijt me dat dit bij jou blijkbaar zo hard is aangekomen.' Of deze: 'Wat vervelend dat je het vervelend vindt.' Let op, er wordt geen schuld bekend, er wordt eigenlijk alleen nog maar eens extra benadrukt dat je blijkbaar een zeikerd bent dat je ermee zit. Er zou verschil moeten zijn tussen excuses-met-schuld en excuses-zonder-schuld, zodat mensen daar ook direct op aangesproken kunnen worden. 'Hoho, dat zijn excuses-zonder-schuld, we hadden gevraagd om excuses-met-schuld!'

Kesler kwam op het volgende: 'Bij nader inzien acht ik mijn woordkeus niet passen bij het koninklijke karakter van de KNVB en had ik deze passage dus beter achterwege kunnen laten.' Kortom, als Kesler een 'koninklijke' manier (wat is dat eigenlijk?) had gevonden om precies hetzelfde te zeggen, dan had hij dat niet achterwege gelaten. Een meester in de excuses-zonder-schuld. En bij de politie hebben ze het nog geaccepteerd ook.

Óók

Tijdens de Nationale Kampioenschappen Schaatsen op Natuurijs kon je op de radio steeds een spotje horen waarin een man verklaarde: 'Het NK schaatsen op natuurijs in de Oostvaardersplassen. Dat is óók Flevoland.' De man zei het op licht vermanende toon. Alsof wij in de huiskamer op dat moment allemaal net aan het denken waren: 'Flevoland. Daar gebeurt niets, en als er iets gebeurt dan is het crimineel.'

Dat waren we waarschijnlijk helemaal niet aan het denken, maar door dat 'ook' werden we er natuurlijk wel toe aangezet. Het gebruik van het woord 'ook' lijkt me daarom niet zo'n sterke zet als je aan imagoverbetering van je provincie wilt doen. Maar juist over het woord 'ook' is nagedacht, want aan de campagne was een website gekoppeld die heette: www.ookflevoland.nl.

'Ook' is sowieso een woord dat minder onschuldig is dan het lijkt. Stel, je oppert een idee: 'Laten we naar Bataviastad gaan!' De ander antwoordt: 'Ja, leuk. Wat we óók kunnen doen... is naar Rotterdam!' Door dat 'ook' weet je dat jouw idee definitief afgeschoten is, alleen niet met zo veel woorden.

'Hé, als je toch aan het afwassen bent, kun je dan misschien ook even de trap stofzuigen?' Met 'ook' kun je suggereren dat het een logisch voortvloeit uit het ander.

Daarnaast kan 'ook' geruststellend gebruikt worden tegenover paniekerige mensen: 'Wees maar niet bang, we gáán ook nog naar de stad. Maar eerst maak ik even mijn werk af.' Of: 'Jahaa, ik hou van je. Maar dat weet je toch ook wel.'

De website www.ookflevoland.nl is overigens geheel gevuld met suggesties voor uitjes die je kunt ondernemen in de provincie Flevoland. En evenementen die je kunt bijwonen. Zoals het Dirty Dancing Pancake Event. Ja, want vies dansen met pannenkoeken, dat is óók Flevoland.

Nieuwe spreekwoorden

De laatste tijd hoor ik met enige regelmaat: 'Ja maar is nee!' Eerst begreep ik het niet, maar er wordt het volgende mee bedoeld: als iemand een voorstel doet, en je antwoordt met 'ja, maar,' dan zeg je eigenlijk dat je dat voorstel niets vindt. ('Zullen we gaan paintballen?' 'Ja, maar er zitten best wel veel oude mensen in het team, dus we kunnen ook gaan bowlen.')

Om het ondermijnende 'ja, maar' tegen te gaan roepen positief ingestelde types nu meteen: 'Ja maar is nee!'

Moeilijk. Want soms vind je iets natuurlijk best een goed voorstel, maar wil je er toch nog iets aan toevoegen. Of het wat bijstellen. En direct 'nee' zeggen is ook zo bot.

'Ja maar is nee' zou best eens een nieuw spreekwoord kunnen worden. En dat is uitzonderlijk, want spreekwoorden hebben eigenlijk allemaal gemeen dat ze uit grootmoeders tijd stammen, dat niemand ze echt begrijpt, en dat ze buitengewoon oubollig in gebruik zijn. Recentelijk nog iemand tegengekomen die zei: 'Pas als het kalf verdronken is, dempt men de put'? Of: 'Al draagt een aap een gouden ring, het is en blijft een lelijk ding'? Dat dacht ik al.

Wat ik wel redelijk vaak hoor, is dat mensen een spreekwoord anders formuleren, zodat er ineens weer een zweem van originaliteit omheen hangt: 'Ja, het was weer een typisch geval van de klok en de klepel.'

Maar echt nieuwe spreekwoorden? Die ontstaan niet zo gauw. Ik voorspel dus 'ja maar is nee'. Verder maken goede kans: 'Als je haar maar goed zit', 'Kan niet kennen we niet', 'Een plus een is drie', en natuurlijk het nu al bijna weer oubollige: 'Elk nadeel heeft/heb z'n voordeel'.

Uit deze kleine inventarisatie rijst wel al meteen het beeld op dat onze nieuwe spreekwoorden bijna uitsluitend worden verzonnen door bedrijfstrainers, voetbalcoaches en reclamemakers. Een pijnlijke constatering.

De beste wensen

Vlak na Sinterklaas, als de kerstversieringen in de etalages verschijnen, komt ook de aandrang op om elkaar een vrolijk kerstfeest te wensen, en een gelukkig Nieuwjaar. In zo'n wens verborgen zit natuurlijk de vrees dat 'de kerst' niet vrolijk wordt (want familieruzies), en het nieuwe jaar ongelukkig (want zo is het leven).

Er zijn mensen die proberen de wensen wat te neutraliseren. 'De beste wensen' is zo'n poging; iedereen kan zelf invullen wat het beste is. Of: 'Prettige dagen.' Ook gehoord: 'Al het wensbare!' Dat is een enge, want wat kun je elkaar in theorie niet allemaal voor vreselijks toewensen? 'Een goed uiteinde,' ook al zo macaber.

Er zijn ook mensen die gemeenplaatsen schuwen en juist hun hele overweldigende persoonlijkheid in hun wens proberen te leggen. 'Ik wens jou een héél erg prettige kerst met de familie, en een fantástisch Nieuwjaar, ook op de zaak!' Dit zijn dezelfde mensen die ook een uitgebreide brief bij de kerstkaart stoppen, waarin teruggeblikt wordt op het afgelopen jaar. ('Tycho is nu eindelijk ook gaan hockeyen, dus jullie begrijpen dat we hier over de sticks struikelen!') We noemen deze mensen: vermoeiende mensen.

We zouden ertoe kunnen besluiten elkaar niets meer toe te wensen. Van al die wensen wordt Kerstmis niet vrolijker en het nieuwe jaar niet gelukkiger, tenslotte.

Helaas is het onhaalbaar. Het is net zoals aan elkaar vragen hoe het gaat. Ik kende een ongelukkige man die, elke keer als hem dat geheel obligaat gevraagd werd, achterdochtig de tegenvraag stelde: 'Wat bedoel je daar precies mee?' Het antwoord: niks. Maar dat 'niks' is precies wat we nodig hebben, zeker in de kwetsbare dagen rond kerst.

Toch

Het was een heerlijke dag. Zonnetje. Niemand had iets te doen en iedereen was blij. Aan het eind van de dag zaten we op een terrasje een colaatje te drinken. 'Hè, wat zitten we toch lekker!' zei een van ons. Waarop iemand anders in het gezelschap antwoordde: 'Ja, wat zitten we toch lekker. Toch wel. Ondanks dat het verder zo'n klotedag is.'

Het was helemaal geen klotedag. Het ging erom de aandacht te vestigen op het feit dat het woord 'toch' zo raar gebruikt wordt, namelijk als er helemaal geen tegenstelling is. 'Wat ben je toch lief!' Hoezo 'toch'? Je bent een nare psychopaat die me het leven zuur maakt, maar tóch ben je 'ergens' ook wel lief. Die klank heeft 'toch' een beetje.

Desondanks kun je 'toch' op veel plekken ongestraft gebruiken. 'Laten we toch eens naar de film gaan,' kun je zeggen zonder dat je daarmee bedoelt dat er lange onderhandelingen en overwegingen aan dit besluit vooraf zijn gegaan. Zeg maar eens iets, en kijk dan of je er 'toch' bij kunt zetten. In negen van de tien gevallen lukt dat.

En dan nu de reden. Waarom houden wij Nederlanders toch zo van toch?

Ik vermoed dat het overmatig gebruiken van 'toch' iets te maken heeft met onze calvinistische moraal. Alsof je na een toch-zin altijd nog zou kunnen zeggen: 'Ondanks dat wij allen zondaars zijn.' Dus zo: 'Wat zitten we toch lekker, al verdienen we het natuurlijk te branden in de hel.'

Waaruit maar weer eens blijkt: we kunnen nog zo progressief en modern zijn in Nederland, aan de kleine dingen kun je merken dat we nooit, nooit, nooit meer afkomen van Calvijn. Toch jammer.

GEKKENHUIS!

Tijdens de actie Nederland Leest kon je bij de bibliotheek een gratis boek halen: *Twee vrouwen* van Harry Mulisch. Naar verluidt is dat een heel spannend boek omdat het vol zit met lesbische sexscènes die je er zelf bij moet verzinnen.

Om deze gratis boeken te slijten(?) waren er radiospotjes te horen waarin Maartje van Weegen een geheel ingestudeerd interview met Harry Mulisch deed. Dat ging zo.

Maartje: ‘Nederland Leest is begonnen. Meneer Mulisch, een miljoen exemplaren van uw roman *Twee vrouwen* gaan naar leden van de bibliotheek. Drukke dagen?’

Harry: ‘Nou, gekkenhuis! En in de bibliotheek vooral, daar is het druk. Al die mensen die daar dat boek komen halen.’

Wat een bizarre tekst. Dat komt natuurlijk door het woord ‘gekkenhuis’. ‘Gekkenhuis’ slaat allang niet meer op ‘een drukke plek’. (‘Tijdens de Drie Dwaze Dagen was het een gekkenhuis.’) Het is een veel algemenere uitroep van jonge mensen die iets hips proberen uit te stralen. Lidwoord weghalen, en ergens achter of voor pleuren. ‘We wilden gewoon zelf een feest organiseren, waarom niet. Jaaa, gekkenhuis.’ Het wordt zelfs alweer geïroniseerd: ‘Gaan jullie naar Ameland op vakantie? Gekkenhuis.’

Is het de schuld van de stand-up comedians van deze wereld? Er zijn er (en dat zijn niet de besten) die na hun punchline, onder de lach, steevast nog even roepen: ‘Gekkenhuis!’ Ook als de grap zelf in niets met gekte of drukte te maken had.

Het leuke aan Harry Mulisch is dat hij zich geloof ik nergens meer druk om maakt sinds Reve en Hermans dood zijn en hij dus effectief de Grote Een is. Hij vindt het ook prima dat hij een tekst in handen krijgt gedrukt die hij zelf nooit zou uitspreken. En hij is zelfs in staat om dat 'gekkenhuis' redelijk geslaagd uit te brengen! Dat kan alleen de Grote Een.

Voor mensen met haast

'Eigenlijk' kun je uitspreken als 'eik'.
'Natuurlijk' kun je uitspreken als 'tuuk'.
'Bijvoorbeeld' kun je uitspreken als 'fobbelt'.

Mede mogelijk gemaakt

De volgende cryptische mededeling hoorde ik op de televisie: 'Dit programma werd mede mogelijk gemaakt door Beemsterkaas.'

Ik snap wel dat het hier sponsoring betreft, maar ik vind het toch raar dat gesuggereerd wordt dat Beemsterkaas, het product zelf dus, in staat is iets te sponsoren. Of was de hele cast van het programma van honger doodgegaan als er niet ineens iemand op de proppen was gekomen met een bord Beemsterkaas?

Dat 'mede' mogelijk gemaakt vind ik ook altijd wat verdacht klinken. Alsof er ook allerlei verborgen geldstromen zijn waar we niets vanaf weten. 'Dit programma werd mogelijk gemaakt door Beemsterkaas, maar vooral door de maffia, mondje dicht hè.'

Enige tijd geleden ontstond een soort strijdje rondom de sponsoring van reclames. Wat was er aan de hand? Jarenlang was er de campagne: 'Kip, het meest veelzijdige stukje vlees, kip!' Een rare, niet-kloppende zin, die toch goed blijft hangen. De dierenlobby maakte een tegenspotje, waarin ze zongen: 'Kip, het meest mishandelde stukje vlees.' Dat vonden de pluimveehouders niet leuk, en ze voegden iets toe aan hun reclame. Het werd: 'Kip, het meest veelzijdige stukje vlees, kip! Campagne gesteund door de Europese Unie.' Zodat wij consumenten zouden denken: 'Ooooo, de EU staat erachter, dan moet het goed zijn!' De pluimveehouders hebben niet veel begrepen van wat Nederlanders doorgaans van de EU vinden.

Ondertussen sloegen de dierenbeschermers terug. Ze lieten spotjes uitzenden waarin werd gezegd: 'Kip, het meest veelzijdige stukje... *kgggggggg* (geluid van krassende pick-upnaald). Deze campagne wordt betaald van úw belastingcenten!' Dat spreekt natuurlijk veel meer aan. De kippenmannen hadden er niet van terug.

Een willekeurige piemel

Het voetbal was dan wel niet wat iedereen zich had gedroomd, maar op muzikaal gebied hebben we rondom het EK absoluut niet te klagen gehad.

Je had Viva Hollandia (met hermetische teksten als: 'Wij zijn op alle fronten actueel, ook seksueel'). Dat was natuurlijk een en al hitpotentie, maar toch was dit niet het mooiste voetballied. Nee, die eer krijgt een lied dat veel fouter was, en op geen enkele manier politiek correct. Toch (of misschien daarom) moest ik er wel om lachen. Het lied ging eigenlijk helemaal niet over voetbal, maar werd wel veelvuldig gezongen door voetbalfans in de straten van Bern en Bazel, en het ging zo. Op het moment dat er een vrouw langskwam, liefst een mooie, dan zongen de fans: 'Daaaaar... moeoeoeoet... een... píémel in, daar moet een píémel in!' Op de wijs van 'Hij is een hondenlul'. Ten eerste is het mooi hoe een scheldlied voor een scheidsrechter kan worden getransformeerd tot een lied over appreciatie van de vrouw.

Ten tweede is het lied interessant wat betreft taal. Het woord 'daar' laat in het midden wat er eigenlijk precies moet gebeuren met die piemel. 'Daar' verwijst naar de vrouw als geheel, waar een willekeurige opening in gezocht moet worden. Een holistische benadering.

Ook het woord 'een' is goed gekozen. Er wordt niet gezongen 'daar moet míjn piemel in', nee, het gaat om een willekeurige piemel. De voetbalsupporters zijn één geheel – als een van hen zijn piemel in zou kunnen zetten, is iedereen blij. Dat heeft iets solidairs. Tegelijkertijd wordt er ook mee uitgedrukt hoe zonde het zou zijn als er geen enkele piemel bereid zou zijn zichzelf in de vrouw te stoppen.

Maar het woord dat mij echt voor dit lied inneemt is toch het woord 'piemel'; zo lief en onbedreigend. Alsof de tekstdichter zelf ook wel begreep dat er geen enkele vrouw voor te porren zou zijn.

'Wij'

Waarin het woord 'wij' ontmaskerd wordt, zodat we eindelijk weten wat wij er eigenlijk aan hebben, aan 'wij'

Als je met vage kennissen in een café zit en je wilt iets zeggen dat maatschappelijk overkomt, dan kun je altijd wel een goed punt maken door op te merken dat er te veel aan 'wij/zij-denken' wordt gedaan. Je stoot er niemand mee voor het hoofd, want iedereen denkt toch voornamelijk: Ja, dat wij/zij-denken, dat doen die anderen vooral, wij niet.

Wie wel aan wij/zij-denken doet, was in de oorlog

vast ook een NSB'er geweest, zo gaat de redenering ongeveer.

Bij wij/zij-denken is de impliciete gedachte dat het vooral verkeerd is om dingen aan te nemen over 'zij'. Tal van psychologen zijn in de loop der jaren losgegaan op dit onderwerp, en inderdaad, als je mensen in willekeurige groepen indeelt, gaan ze al heel snel nare dingen denken over de groep waar ze geheel toevallig niet in zitten. Zo ontstaat discriminatie, en dat is slecht, en daar mogen we allemaal onze spreekbeurt over doen.

Dat 'wij' op zich ook al een beetje een naar woord is, daar hoor je minder mensen over. Nee, wij is zogenaamd goed. In het ik-tijdperk hebben we behoefte aan 'wij'. 'Wij' is nodig voor de sociale cohesie en voor lotsverbondenheid en allerlei gezonde projecten in de open natuur. En rond de kerstboom zitten, hè. Dat is ook echt een 'wij'-activiteit. Liederen zingend, chocolademelk drinkend, wij wij wij. Mensen die in de kerstperiode aan 'ik' doen, zijn of zielig/eng, of in het positiefste geval grappig/excentriek.

Het zal allemaal wel. Je zou er bijna door vergeten dat 'wij' het meest misbruikte woord uit de Nederlandse taal is. Er zijn zo veel foute 'wij'-en dat het moeilijk is om de neutrale, goede 'wij' nog te ontdekken. Een goede 'wij' is bijvoorbeeld: 'Wij gaan nu naar de film.' Waarbij 'wij' gewoon de mensen in de kamer zijn die met z'n allen naar de film gaan. En dan nu, speciaal om te onthouden en in het wild te observeren: de vijftien foutste vormen van 'wij' (er zijn vast nog meer foute vormen van 'wij', verzamel die zelf en discussieer erover met andere individuen):

1. Het 'Wij? IK zal je bedoelen'-wij.

Wat is er erger dan een man die zegt: 'Wij zijn zwanger', waarop hij zichzelf nog een glas wijn inschenkt terwijl zijn vrouw het zoveelste glas biologische appelsap achteroverslaat. Voor de duidelijkheid: de vrouw is zwanger en zal in pijn moeten baren, de man mag iets doen met natte washandjes en een videocamera.

2. Het verwijtende wij.

'We praten niet meer met elkaar!' roept de vrouw uit in een ruzie, 'niet écht tenminste, niet over wezenlijke dingen!' Wat ze bedoelt is: ík praat me suf, maar jíj antwoordt niet meer.

3. Het verpleegsters-wij.

Een bekend, maar daarom niet minder irritant gebruik van 'wij'. 'Zooo, dan gaan we nu even plassen...'

'Wat, wij, nu? Samen?'

'We proberen grappig te doen?'

4. Het 'Iedereen behalve ikzelf'-wij.

'Hier gaan we de kruidentuin aanleggen,' spreekt de barones. Ze bedoelt niet dat ze zelf de spade ter hand neemt. Ze heeft hier een tuinman voor.

5. Het 'wie?wij?'-wij.

Niets zo pijnlijk als het misplaatste 'wij'. Dat iemand tegen je zegt: 'Wij doen altijd zulke leuke dingen!' Waarop je vraagt: 'Wie "wij", jij en je vriend?'

'Eh... nee, jij en ik.'

'O... O ja, ja, natuurlijk...'

Net zoals vroeger, als een kind zonder sociale voelsprieten op je moeder afliep en zei: 'De moeder van Paulien, mag Paulien bij me komen spelen?' zonder dat je zelf eerst geconsulteerd was.

6. Het Oranje-wij.

'Wij hebben gewonnen!' als het Nederlands Elftal dat heeft gedaan. Bij verlies bestaat dit 'wij' niet, dan is het weer gewoon 'zij'.

7. Het 'omdat we verder helemaal niets samen hebben'-wij.

Deze vorm van 'wij' heeft iets te maken met de wanhopige zoektocht van mensen om toch maar vooral overeenkomsten te hebben. Toen internetdaten net hip was, had je bijvoorbeeld *brand dating*. Mensen die op zoek waren naar een partner, moesten invullen welke merken zij graag kochten (Calvé pindakaas, Venco drop, *Voetbal International*). Vervolgens kon je zoeken op iemand van wie het merkenprofiel overeenkwam. Zodat er meteen al een 'wij' was, hoe artificieel ook ('Nee, wij houden niet van huismerk pindakaas, het moet echt Calvé zijn, hahaha, gekke mensen zijn wij hè?')

Ik kende ooit een stel dat een relatie had omdat ze alle twee chesterfieldstoelen spaarden. Dat was de enige reden dat ze samen waren. Het is nu uit.

8. Het bedrijfs-wij.

Dit 'wij' moet aangeleerd worden door nieuwe werknemers. 'Wij bij Jansen en Pietersen Inc vinden dat problemen niet bestaan, opportunities wel!' Vaak een reden om meteen weer te verlangen naar een volgende baan, ware het niet dat daar weer een andere, even walgelijke 'wij' wacht. Ook al geïroniseerd op deze manier: 'Wij van wc-eend adviseren wc-eend.'

9. Het 'dat willen we liever niet weten'-wij.

Niet iedereen mag zomaar een 'wij' vormen met iedereen. Een voorbeeld: Jan Terlouw heeft met zijn dochter een literaire *whodunit* geschreven. In een radiointerview met hen beiden werd gevraagd waarom er eigenlijk helemaal geen seks in het boek zat. 'Tja, seksscènes... wij houden meer van Simenon hè,' antwoordde Jan Terlouw. Erg om drie redenen: a) Een vader hoort niet te zeggen of hij wel of niet van seks in boeken houdt, b) moet hij niet aannemen dat zijn dochter ook niet van seks in boeken houdt, en c) moet hij over het onderwerp 'seks' nooit een 'wij' aangaan met zijn dochter.

10. Het bekritiserende wij.

'Goh, dat doen wij bij ons heel anders,' als blijkt dat je je pindakaasmes aan de handdoek afveegt.

11. Het wetenschappelijke wij.

Het wetenschappelijk wij staat op eenzame hoogte qua irritatiegraad. 'We hebben in hoofdstuk vier gezien hoe de twee elementen samensmelten...' 'Helemaal niet! Ik niet tenminste!'

Of de nog ergere vorm van het wetenschappelijke

wij: 'We observeerden dat de ratten zich niet significant anders gedroegen.' Terwijl er maar één wetenschapper bij het onderzoek betrokken is! Deze vorm van 'wij' wordt door de allerlafste wetenschappers gebruikt, om zich te verschuilen achter collega's die er niet eens zijn.

12. Het 'ik krijg altijd mijn zin'-wij.

'Wij' geeft permissie voor de praatgrage helft van het stel om overal het antwoord op te geven. Je vraagt aan persoon A: 'Waar gaan jullie heen op vakantie?' en persoon B antwoordt: 'Dat weten we nog niet, maar we denken aan Portugal.' Persoon A (met gedempte stem:) 'Of de Balearen...' Persoon B: 'In ieder geval niet de Balearen, want we houden er niet van om op een eiland vast te zitten.'

13. Het symbiotische wij.

Verwant aan het 'ik krijg altijd mijn zin'-wij, maar tragischer. Partner A zegt: 'Nee, wij houden absoluut niet van dansen.' Dat heeft de jarenlange symbiose zo bepaald; toch heb je partner B laatst met veel plezier, overgave, en zelfbedachte *moves* zien dansen. B gaat niet tegen A in, waardoor A denkt dat 'wij' nog steeds niet van dansen houden.

14. Het vakbonds-wij.

'We pikken het niet langer!' Wie zijn dat dan? En wat wordt er niet gepikt? En wie bepaalt dat eigenlijk? Dit is de reden dat demonstraties meestal zo onbevredigend zijn.

15. Het sterren-wij.

Aanschouw sterren met een grote entourage en een even groot ego, en observeer: die hebben het altijd over wij, en dan niet op een pluralis majestatisachtige manier (wat op zich ook al een rare vorm van 'wij' is) maar meer als in: 'ik en mijn entourage'. Dat moet een soort bescheidenheid suggereren die er verder bepaald niet vanaf straalt. 'We gaan een fan-tas-tische show neerzetten in Ahoy,' terwijl de hele avond echt maar om één persoon draait.

'Ze'

Waarin blijkt dat 'ze', net als 'wij' een raar woord is

Een straatinterview. Er is iets politieks aan de hand, en de journalisten moeten aan gewone mensen vragen wat ze ergens van vinden. Dat heet, in journalistiek jargon, een voxpop. Ze stappen af op de meest gewone man die ze kunnen vinden, echt een volks type. En ze vragen wat deze man van de politieke situatie vindt. De man antwoordt: 'Ze proberen ons te naaien!' Waarmee het straatinterview naar behoren is afgerond.

En wij als kijkers blijven zitten met de vraag wie er eigenlijk bedoeld wordt met 'ze'. Het college van B en W? De overheid? Alle mensen met macht? 'Ze' is een vage term voor iets bedreigends van bovenaf.

Instanties zijn ook vaak 'ze'. Iemand die zijn tandartsrekening niet vergoed krijgt, zal snel zeggen: 'Ze zijn nog niet van me af,' terwijl hij daar geen concrete personen mee bedoelt. Maar vechten tegen een organisatie is nu eenmaal onmogelijk, dus moet de organisatie vermenselijkt worden, en dat kan met het woord 'ze'.

De vaagste vorm van 'ze' zit in deze zin: 'Dit pakken ze me niet meer af!' Na een mooie ervaring, of een goede prestatie, kun je dat roepen. Maar wie zijn 'ze' hier in godsnaam? Niet de overheid en niet de verzekeringsmaatschappij. En, ook een relevante vraag: wie zou er baat bij hebben om dat atletiekrecord of die wildwaterkanotocht af te pakken?

In deze betekenis geeft 'ze' aan dat de spreker zich voortdurend genaaid en bedreigd voelt, en alleen van de dingen zonder enige tastbare waarde de zekerheid heeft dat ze hem niet worden afgenomen.

'Ze' is eigenlijk een zielig woord.

Communiceren met robots

Ik heb geen gevoel voor richting, maar moet op de raarste plaatsen verschijnen (in culturele centra in voorsteden van provincieplaatsen), dus als iemand een TomTom nodig heeft, dan ben ik het wel. Meteen bij het inschakelen moet je een stem kiezen, en voor het gemak hebben ze die stemmen namen gegeven. Ik heb gekozen voor de keurige mannenstem 'Bram', eigenlijk alleen omdat mijn broer ook zo heet.

Bram zegt maar heel weinig verschillende dingen.

'Na zeshonderd meter: bestemming bereikt.' 'Hou links aan.' 'Neem de afslag, daarna, ga de snelweg op.' Grammaticaal soms wat merkwaardig, maar wel heel begrijpelijk.

Nu is het gekke dat je toch direct het gevoel hebt dat er iemand in de auto zit die meedenkt. Soms roep ik terug: 'Jahaaa, ik hou toch al links aan?!' Of vriendelijker: 'Nu weet ik het wel, Bram.' Ik weet dat hij mij niet begrijpt, maar blijkbaar is taal toch sterker dan logica. Praten is denken, voelen, communiceren; zo zit het er bij ons ingebakken. Met een robot kunnen we eigenlijk niet omgaan.

Ik merk dat Bram mij soms ontroert. Als ik verkeerd ben gereden, dan zegt hij heel rustig, om me niet op te fokken: 'Probeer om te keren. Probeer om te keren.' En als ik dat dan niet doe, dan wordt hij niet geïrriteerd – 'Ik zéí: probeer óm te keren!' Nee, Bram denkt ook dan nog mee. Na een tijdje zegt hij volstrekt neutraal: 'Neem de eerste afslag links, meteen daarna weer links.' Hij wordt nooit boos, is nooit gekwetst. En als hij zegt: 'Bestemming bereikt,' dan lijkt hij haast trots op me.

BESTEMMING BEREIKT

In een ver verleden studeerde ik een blauwe maandag taalwetenschap en kreeg ik het vak 'feministische linguïstiek'. Ook toen gold dat al als een enigszins archaisch vak waar desalniettemin veel lol mee te beleven viel. We leerden bijvoorbeeld dat vrouwen altijd 'hm-mm' en 'ja' zeggen tijdens een gesprek, om de ander op zijn gemak te stellen. Mannen doen dat beduidend minder. We leerden ook dat dat hm-mm-en heel moeilijk aan te leren is na een sekseveranderende operatie.

Als een man tot vrouw is geopereerd, kun je het vaak nog merken aan de 'dominante gespreksstijl', zo noemden we dat geloof ik. Onze docente was ook nooit te beroerd om anekdotes uit haar eigen leven te gebruiken in de colleges. Zo vertelde ze met schaamte dat ze zichzelf ooit tegen haar vriend had horen zeggen: 'Moet ik nog even naar de wc, denk je?' Die relatie was gelukkig al lang weer uit.

Afijn, jammer dat het allemaal zo ver achter me ligt, want ik ontdekte een joekel van een sekseverschil in taalgebruik. Het is nieuw, want het heeft te maken met de TomTom. Ikzelf ben vooral heel dankbaar dat de TomTom mij vertelt waar ik heen moet. Een mak schaap ben ik. Zo niet de man die met enige regelmaat bij mij achter het stuur zit. De TomTom: 'Ga rechtsaf.' Hij: 'Nee, dat slaat nergens op, dat doe ik niet.' Ik: 'Maar de TomTom heeft het berekend!' Hij: 'Ja, en? Kasparov wint toch ook nog steeds van de schaakcomputer?'

Het heeft natuurlijk allemaal te maken met de apenrots. Elke man wil de top-aap zijn. Hij wil laten zien dat hij de hele apengroep naar de drinkplaats kan leiden. De TomTom ontneemt hem die mogelijkheid, en ook nog op een verschrikkelijke, neutrale, niet-agressieve manier. 'Probeer om te draaien.' Mannen onderling, dat gaat nog wel, die kunnen nog ruzie gaan maken. Probeer dat maar eens met een TomTom. Het lukt je niet.

Natuurlijk krijgen de bestuurder-mannen steeds weer de deksel op hun neus als de TomTom fijntjes voorberekent dat ze dankzij de mannelijke eigenwijsheid maar liefst een halfuur langer onderweg zijn. In dit licht bezien kan het geen toeval zijn dat de TomTom, übermann en topaap, van zijn scheppers niet één mannennaam heeft gekregen, maar zelfs twee. Tom en Tom.

Stortvloed

Wat las ik in de *Scientific American*: vrouwen zijn beter in taal dan mannen. Dat is niet zo gek, want vrouwen zeggen per dag twintigduizend woorden, en mannen maar zevenduizend. Tja, wat wil je, we hebben dus gewoon veel meer oefening.

Het grappige aan dit onderzoek is dat het precies beantwoordt aan het clichébeeld over vrouwen. We zijn beter in taal, wat bijvoorbeeld blijkt uit het feit dat we veel meer aanduidingen voor kleuren gebruiken, zoals fuchsiarood en taupe, waar mannen gewoon rood en bruin zeggen. Dat we meer praten is ook een cliché, het cliché van de vrouw die haar mond nooit eens dicht houdt, zelfs niet tijdens *Studio Sport*.

Dat vrouwen beter zijn in taal geloof ik graag (omdat het me goed uitkomt), maar dat we onze mond niet kunnen houden... daar heb ik mijn twijfels over. Of in ieder geval: we zijn er niet alleen in. Ik hoor juist zo vaak van die ein-de-loos doorememmerende mannen. Vraag maar eens de weg aan een man, en zet dan je stopwatch aan.

Die man weet het natuurlijk ook niet precies, maar

er volgt een uitgebreid verhaal: 'Nee. Wacht. Je gaat hier rechtdoor. Rechtdoor rechtdoor rechtdoor. Kom je aan het eind van de straat. Ga je linksaf. Kom je langs die snackbar, ga je langs, kom je langs die sportzaak, ga je langs, zie je een klein steegje, ga je níét in, maar de volgende grote straat, daar ga je wél in, rechtdoor rechtdoor rechtdoor, en dan moet je een beetje rechts aanhouden, de weg volgen, en dan loop je er als het ware recht tegenaan. Niet helemaal, je moet een beetje naar rechts afbuigen. En anders daar nog eens vragen.'

Bedankt, lieve mannen! Waarschijnlijk zeggen ze de rest van de dag niets, anders blijf je nooit binnen die zevenduizend woorden.

Spontaan

'Tot zover, Twan, terug naar de studio. Wat zie je er trouwens fris uit vandaag.'

'Dankjewel Saskia. Een nieuwe kleurspoeling doet wonderen.'

'Hahaha!'

'Hahaha.'

Pakken

Sommige mensen noemen elk probleem een uitdaging. Tot zware ziektes aan toe. Dat zijn meestal heel enge mensen. 'Mijn uitdaging is dat iedereen op kantoor me links laat liggen.' Je kunt het horen zeggen, en dan weet je dat er ergens een coach aan te pas is gekomen.

De 'probleem = uitdaging'-stroming past taaltechnisch wel helemaal in onze tijd. Want kijk. Vroeger, in grootmoeders tijd, waren problemen er om te ondergaan. 'Niet klagen maar dragen en bidden om kracht.' Mijn oma had dat aan de muur hangen.

Wat later, in de jaren zeventig, toen gevoelens er ineens toe deden, werd de uitdrukking 'ermee omgaan' populair. 'Tuurlijk, je hébt een handicap! En nu is het zaak dat je ermee óm leert gaan! En dat kan best lastig zijn!' En dan waren er praatgroepen waarin je samen kon leren omgaan met alles.

Inmiddels zijn problemen er niet meer om mee om te gaan, want problemen zijn uitdagingen, en die pakken we op. Dat klinkt een stuk proactiever – ook een heel modern woord trouwens. 'Het internet ligt eruit, pak jij dat even op?' Of: 'Hij is nu arbeidsongeschikt, maar ik vind dat hij het heel goed heeft opgepakt.'

Andere afgeleiden van 'pakken' zijn ook populair geworden. 'Wij zijn hier echt van aanpakken.' Of, hysterischer: 'En nu is het een kwestie van dóórpakken.' En deze: 'Oké, we pakken het even terug, wat was onze missie ook alweer?'

Door het woord 'pakken' lijkt alles tastbaar, en dus behapbaar. Ook als het om heel abstracte begrippen gaat. 'Nú moet je het moment pakken.' Geen idee wat dat betekent, maar het klinkt heel erg heldhaftig. En zo kan zelfs de sloomste bezigheid worden opgepimpt door het woord 'pakken'. Zo hoorde ik iemand, die een dutje ging doen, zeggen: 'Ik ga even de rust pakken.' Wow, dacht ik. Die is goed bezig.

Had nou je mond gehouden

Er zijn maar weinig uitspraken die iets concreets veranderen in de wereld.

De eed bij de inauguratie van een Amerikaanse president is zo'n soort uitspraak. Pas als de tekst is uitgesproken, kan de spreker aan de slag als president. Sterker, Obama kon gaan regeren *doordat* hij de tekst uitsprak. Zo'n uitspraak heet in de taalkunde een performatief. Mensen houden van performatieven, omdat ze woord en daad inéén zijn.

Er zijn ook uitspraken waarmee iets wordt beoogd, maar waarmee juist het omgekeerde wordt bereikt. Een voorbeeld. Als een dokter zegt: 'Er is geen enkele reden tot paniek,' is het effect bij de patiënt natuurlijk altijd: blinde paniek. Voor zover ik weet bestaat voor zulk soort uitspraken geen officiële term, dus laten we het bij deze noemen: de 'had nou je mond gehouden'-uitspraak. Ik ben een verzamelaar van 'had nou je mond gehouden'-uitspraken.

Tot nu toe in mijn verzameling:

1. 'Trek je van mij niets aan' – dat is dan meteen niet meer mogelijk.
2. 'Let niet op de troep' – dito.
3. 'Lekker stil hè?' – totdat jij je mond opendeed wel.

4. (lijkt op 3) 'Slaap je al?'
5. Een man die om wat voor reden dan ook zegt 'Je hoeft voor mij niet bang te zijn', wordt daar juist heel erg eng van.
6. Iemand probeert het familiediner te redden door te zeggen: 'Gezellig hè? Vinden jullie het ook zo gezellig?' Het resultaat is dat het laatste restje gezelligheid heel snel de kamer uit rent.
7. 'Doe geen moeite' zorgt er vaak voor dat er juist wel moeite gedaan wordt, ook als je echt bedoelde dat er geen moeite gedaan moest worden.
8. Iemand vertelt iets gênants. De hele kamer valt stil. De spreker zegt: 'Hé, nu valt het ineens stil!' De bedoeling is dat dat de spanning verbreekt, maar vaak wordt de sfeer dan alleen maar ongemakkelijker.
9. Je relatie is uit en je besluit boos op te bellen: 'Het lijkt me beter als we elkaar niet meer spreken!' Maar daarmee ben je natuurlijk alweer in gesprek geraakt.

Als de performatief een perfecte Sachertorte is, is de 'had nou je mond gehouden'-uitspraak een ingezakte kaassoufflé. De eerste is lekkerder, de tweede krijg je vaker op je bord.

Wooo.

Holland's Next Top Model ('tap maddel') is het programma dat onbedoeld een nieuwe betekenis aan het woord 'poldermodel' heeft gegeven. Daarom alleen al verdiende het onze kijkcijfers.

De finale (of 'eindfinale', zoals presentatrice Daphne Deckers het noemde) kende vele fascinerende hoogtepunten, maar wat vooral opviel waren de kreetjes, de gilletjes en de uitroepjes.

In het Nederlands zijn de kreetjes, gilletjes en uitroepjes de laatste paar jaar aan verandering onderhevig, en dat kun je bij topmodellen in spe heel goed waarnemen, want zij weten wat hot is.

Vroeger zeiden we, als iets vies was: 'Gadver!' of 'urlg!', met veel kotsgebaren en -geluiden. Nu is 'ulg' veranderd in 'Ieuw!' of 'iel!' of zelfs 'eeuw!'. Vermoedelijk is dit een invloed uit Amerika. Daar wordt het woord geschreven als '*ew*', maar de uitspraak is nagenoeg hetzelfde.

Ook kreten van enthousiasme (voorheen 'jottem', 'joepie' of 'hoera') zijn veranderd. Nu roepen we namelijk 'Jeeeeee!' (in het Engels vaak geschreven als 'yay'). Of anders: 'Woeoe!' 'Woe' mag vergezeld worden door een door de lucht maaiend vuistje, alsof er aan een onzichtbaar draaiorgeltje gedraaid wordt.

Nu zijn er natuurlijk ook gebeurtenissen waarvan je helemaal niet weet of je ze leuk, stom, of vies vindt. En dan kun je zeggen: 'Wooo.' (Let wel: met een Nederlandse 'o', dus niet te verwarren met 'woe!'.) 'Wooo' kan naar keuze uitgebreid worden met 'echt heftig'.

Bij de eindfinale zette Daphne Deckers het neutrale 'wooo' dankbaar in toen de winnares bijna bekend gemaakt werd. 'Wooo. Nu wordt het echt spannend.'

Toen we eindelijk wisten wie van de drie een succesvol leven alsmede een auto kreeg, had ik toch echt de moderne hysterisch/enthousiaste kreet verwacht, namelijk een hard en monotoon uitgeroepen: 'Aaaaa!' Maar nee hoor. Het bleef tamelijk stil, het enthousiasme werd vertaald in tranen. Zoals het een tap maddel betaamt.

Lekker mengen in het debat

In kringen van taalfetisjisten woedde een klein stormpje. Er waren ineens wat mensen die vonden dat 'groter als' gewoon goedgekeurd moet worden. Dat we dus met onze puristische instelling niet voortdurend moeten sissen 'groter DAN', tegen arme mensen die er niets aan kunnen doen dat ze minder taalgevoel hebben als ons.

Tegen dat goedkeuren gingen ook weer allerlei types in, want goed is nu eenmaal goed en fout is fout, dan kun je wel alles goedkeuren.

Welnu, ik vind iedereen die vindt dat 'groter als' fout is een enorm nare zeikerd. En iedereen die een heel manifest gaat opstellen om te zeggen dat het goed is, vind ik zo mogelijk een nog grotere zeikerd.

Want hoe zit het: sinds jaren en jaren wordt 'groter als' gezegd, en eerlijk gezegd heb ik nog nooit gezien dat iemand daar echt op aangevallen werd. Dat iemand een baan niet kreeg, dat iemands relatie stukliep op groter als. Ik hoor wel steeds vaker mensen hypercorrigeren, die zeggen bijvoorbeeld: 'Hij is even groot dan mij', en die rare vergissing kan natuurlijk alleen maar op het conto geschreven worden van de verbeteraars.

Maar verder is het allemaal nogal minimaal, en als niemand het ter sprake zou brengen, zou het ook geen probleem zijn. Ophouden met verbeteren, ophouden met het afkeuren van het verbeteren, en om mezelf dan ook maar meteen aan de schandpaal te nagelen: ophouden met iedereen een zeikerd noemen die zich met deze kwestie bezighoudt. Want dan ben je zelf natuurlijk de grootste zeikerd.

Leven als activiteit

'Leven, dat is meer iets voor mensen die niet dood zijn, vind ik.'

Gekkiegekkie

We leven in een bijzondere tijd. Een tijd waarin de meeste volwassenen zich nog kunnen herinneren dat er geen internet was. Of zelfs geen computer. ('Radio was er wel al, toch?' vroeg een neefje, waarmee maar weer aangegeven wordt hoe snel de tijd verglijdt en hoe anders alles nu is en dat de jeugd zich daar niet van bewust is en wat een schande trouwens.)

Omdat we nog redelijk maagdelijk in het computertijdperk staan, is er op taalgebied veel gaande. Geniet ervan nu het nog kan: de fanatici die vinden dat het Engels in de computerterminologie moet worden uitgebannen, en met briljante vondsten als 'webstek' komen – in plaats van website. Webstek.

Ook leuk zijn de e-mailadressen, en de creativiteit die daarop losgelaten wordt. Er zijn bijvoorbeeld nog steeds mensen die een jolig adres gewoon gebruiken voor hun zakelijke e-mail. Die aan de telefoon moeten zeggen: 'Nee, stuur die notulen maar naar gekkiegekkie et hotmail dot com. Ja. Gekkiegekkie aan elkaar. Nee, enkel gekkie was al vergeven.'

En wat is er aan de hand met de stellen die zo symbiotisch zijn dat ze samen een e-mailadres hebben? Florisenmarloes@planet.nl, bijvoorbeeld. Waardoor je in het onderwerpvakje altijd moet zetten: 'Aan Marloes!' Wat willen Floris en Marloes eigenlijk? Dat ze te allen tijde elkaars e-mails kunnen screenen? Of is het een signaal naar de buitenwereld dat we hier met een echt fijn en hecht stel te maken hebben? Curieus genoeg zijn het juist vaak déze stellen die, als er een baby komt, meteen een e-mailadres voor de baby aanmaken. Terwijl die baby nog helemaal niet in staat is tot privacy.

Tot slot het volgende. Sinds een aantal jaar kan ik het woord 'email' (metaal met een kleur erop) alleen nog maar lezen als e-mail. Het is een reflex waar niet tegen te vechten is. Ik weet niet wat dit zegt over grootse maatschappelijke bewegingen, maar opmerkelijk is het wel.

En trouwens: 'beamen' is wat mij betreft ook al een hele tijd 'biemen', in plaats van 'buh-amen'.

Nog iets: wie gebruikt er nog het woord 'computeren'? Heeft ook iets heel schattigs. Alsof het er niet toe doet wat je op die computer doet. Alsof elke willekeurige handeling op de computer al een hobby kan zijn. Heel jaren tachtig.

GR

Zouden er nog mensen zijn die 'hallootjes!' zeggen? Ik hoop het niet. Mensen groeten elkaar niet alleen om te laten merken dat ze elkaar opgemerkt hebben of om afscheid te nemen, maar ook om meteen even een bepaalde sfeer te scheppen. 'Hallootjes' had iets te maken met hysterie en pogingen tot humor.

Ook nu zijn er nog genoeg soorten groeten die raar zijn. Bijvoorbeeld: wat proberen mensen over te brengen die zeggen: 'Hé hoi hallo hoi'? Maak een keuze, zou je zeggen. Of deze: je komt iemand na lange tijd tegen, en die zegt: 'Neeee!!! Hallo!' Hoezo, nee? En wat willen mensen zeggen die de dag zo beginnen: 'Één heel goede morgen!' – in plaats van twee?

Het is natuurlijk allemaal een kwestie van smaak, dat groeten. Persoonlijk kan ik me niet voorstellen dat je een man die 'hoi' zegt bij het afscheid serieus kunt nemen ('Tot volgende week, hoi!'), maar die mannen hebben vaak gewoon een vriendin.

Soms heeft groeten ook iets beschuldigends: 'Goeie-*morregen*!' Die toon suggereert iets als: 'Aan langslapers hebben we niets,' of 'Waarom moet ik hier verdomme altijd de eerste zijn die groet?' Als aangesprokene voel je meteen de neiging je te verontschuldigen, en de groeter heeft nu voor de rest van de dag de overhand.

Hetzelfde geldt voor 'gr', een populaire e-mailgroet. 'Krijg ik die nota nog van je? Gr, Mark.' Met 'gr' wordt latente agressie op een sociaal geaccepteerde manier tot uiting gebracht.

Nog zo'n woord waar doorgaans veel meer in gelegd wordt dan nodig: het woord 'hallo'. Kijk, neutraal is 'hallo'. Maar het kan ook zo: 'hállo hé,' om verbijstering uit te drukken. Of verontwaardiging: 'Ja, hallo! Echt belachelijk.' Dit verontwaardigde hallo is typisch bakvissentaal. Ik ken ook iemand die met zijn hallo lijkt te willen uitdrukken wat een levensgenieter hij is: 'Hallllloooooo Hallóóóó, hè, wat héérlijk dat ik er ben.' Nu heeft dit nog iets leuks. Maar ook hallo kan een beschuldiging bevatten: 'Hal-ló! Ook goeiemorgen.'

Als je je eenmaal bewust bent van deze nuances, dan ga je er steeds meer op letten. Ik val vaak midden in een gesprek stil omdat ik maar niet kan bedenken waarom hier een 'hal-ló!' klonk in plaats van een 'hallo!' En dat moet juist niet hè, nadenken. Praten is net als fietsen: als je erover na gaat denken, val je om.

Lieve woorden versus stomme woorden

Er zijn woorden die lief zijn. Of beter gezegd: die ik lief vind. Ik vind het woord 'snufferd' bijvoorbeeld een heel lief woord. Zo wordt het gebruikt: 'Hé, je hebt helemaal niet goed gekeken, het staat recht voor je snufferd!'

Kijkers in plaats van ogen is ook lief. En 'toet' voor gezicht: 'Even je toet afvegen.' De kroon spant het woord 'bups', in plaats van groep. 'Nou, en toen zijn we met de hele bups naar de dierentuin gegaan...' Ik weet niet precies waarom ik dit lieve woorden vind.

Waarschijnlijk heb ik er een beeld bij van een heel erg goedbedoelende vrouw die alles voor iedereen zo aangenaam mogelijk probeert te maken, waarbij ze zichzelf volstrekt ondergeschikt maakt. Iemand die vrijwilligerswerk doet in een opvangcentrum voor verslaafden, waar ze door niemand gewaardeerd wordt, maar er toch maar mee doorgaat, want 'tja, iemand moet het doen'.

Er zijn ook woorden die ik uitgesproken naar vind. Zo heb ik een sterke aversie tegen het woord 'kids'. 'Haal jij de kids uit school?' Dat zijn kinderen, niet kids. Kids smaakt mij te veel naar mensen die nooit eens een probleem hebben en al helemaal niet met hun kroost. 'We zijn lekker met de honden en de kids gaan uitwaaien op het strand.' Of: 'Welnee joh, neem nog een roseetje, die kids vermaken zichzelf wel!'

Misschien dat andere mensen weer heel andere woorden lief dan wel stom vinden. Als je bedenkt tot welke woorden je je voelt aangetrokken, zie je ook meteen welke mensen je leuk vindt. Blijkbaar houd ik meer van zichzelf wegcijferende, goedbedoelende vrouwen op leeftijd dan van succesvolle yuppentypes.

Dieren

Ik was uit kamperen op een Waddeneiland. Omdat het overdag best warm was, ging ik ervan uit dat het 's nachts ook wel te harden zou zijn.

Elke kleuter die wel eens iets over aardrijkskunde heeft geleerd, kan je vertellen dat dat niet zo is. Maar er zit iets in de lucht van de wadden waardoor je vergeet wat verstandig is.

Gevolg: ik lag drie nachten wakker, te denken aan dekens die ik overdag had moeten kopen.

Omdat je op zulke momenten nooit moet wanhopen, maar moet bedenken wat de situatie wél mee heeft, ben ik gaan letten op de geluiden rondom de tent.

Zo was er op een gegeven moment een vogel die langs vloog, terwijl hij riep: 'Grutto, grutto.' En had ik dus, om vier uur in de ochtend, de fantastische revelatie dat een grutto 'grutto' zegt.

Hetzelfde gebeurde even later met een kievit. Die zegt gewoon 'kievit'! Even denk je nog: wat een slimme dieren, dat ze hun eigen naam kunnen zeggen.

Ik merk dat ik

Ga er op letten en je hoort het overal. Want het is een virus. Het 'ik merk dat ik'-virus. Wie besmet is door het 'ik merk dat ik'-virus kan mededelingen van persoonlijke aard alleen maar doen als die beginnen met 'ik merk dat ik'. Je zegt dus niet: 'Ik ben de laatste paar jaar veel meer van countrymuziek gaan houden.' Nee, je moet zeggen: 'Ik merk dat ik de laatste paar jaar veel meer van countrymuziek ben gaan houden.'

Een raadselachtige ontwikkeling. 'Ik merk' geeft mededelingen iets vaststaands, alsof er verder niet over gediscussieerd kan worden. Je vindt niet iets, maar je merkt iets op. Het klinkt empirisch en daarom waar. Tegelijkertijd kun je niet worden aangevallen, want we hebben het hier over een constatering, niet over een mening. Zeg eens: 'Ik vind Rita Verdonk eigenlijk een heel leuke vrouw,' en kijk wat er gebeurt. Zeg dan eens: 'Ik merk dat ik Rita Verdonk eigenlijk een heel leuke vrouw vind.' Bij de eerste zin moet je jezelf (afhankelijk van het gezelschap) verdedigen. In het tweede geval mag je lekker over je eigen interessante innerlijk gaan wauwelen, en krijg je empathische reacties van het type 'dat heb ik ook heel sterk'.

Ook bij het uiten van kritiek is het woord 'ik' buitengewoon nuttig. Het is bedacht door trainers, en het werkt zo. Het is zaak de kritiek 'dicht bij jezelf te houden', omdat het probleem altijd voor de helft in jouw hoofd zit. Dat doe je in concreto door te beginnen met het woord 'ik'. Dus niet zeggen: 'Hou eens op met het versturen van komisch bedoelde porno aan je collega's,' maar eerder: 'Ik constateer bij mezelf dat ik er een probleem mee heb dat je komisch bedoelde porno aan je collega's stuurt.' Daarmee lijkt het je eigen probleem, maar de ander kan het dan nog wel 'oppakken' (ook een trainerswoord).

Dodelijk. De ik-kritiek is een aanval in de rug, je kunt je er niet tegen verdedigen. Je schijnt ook mensen te hebben die dit soort kritiek binnen hun relatie uiten. 'Ik merk dat ik het moeilijk vind dat je niet éven de moeite blijkt te kunnen nemen om met een vochtig doekje over het aanrecht te gaan. Wat gaan "we" daaraan doen?' Enge, enge mensen.

Vanwege het feit dat je lekker onkwetsbaar over jezelf mag wauwelen als je 'ik merk' gebruikt, is het niet verwonderlijk dat het fenomeen zich nu nog een beetje in de softe hoek bevindt. Maar dit is de route die nieuwe uitdrukkingen vaak volgen: chakra-healer, bedrijfstrainer, politicus, voetballer. Eerder is dat bijvoorbeeld gebeurd met de uitdrukking 'een stukje' ('Even een stukje terugkoppeling...')

Politici zeggen wel al veel 'ik merk' ('Ik merk dat opiniepeilingen ook niet alles zeggen'), maar nog niet 'ik merk dat ik'. En pas als we een of andere Robin van Persie ineens horen zeggen: 'Ik merkte dat ik positief reageerde op de aandacht vanuit het team,' dan weten we dat we er voorlopig niet vanaf komen.

Wat mensen anders maakt dan dieren is dat ze willen verbeteren (en dat ze het leuk vinden om kleren aan te doen, maar daar gaat het nu niet om). Mensen zijn dol op verbeteren. Niet alleen zinloze sportrecords en 'de wereld in het algemeen' (iets met bomen of sojaplantages of religieuze spanningen in conflictgebieden), maar ook: elkaar.

Verbeteren, ik heb het dieren nog nooit zien doen. Dat je een kat hoort miauwen ('mi-áúw') en dat zijn collega-kat dan kritisch kijkt en zegt: 'Het is toevallig mí-auw. Hoor.'

Mensen hebben daarentegen een heel spectrum aan verbeteringen. De meeste mensen vinden het niet kunnen om te zeggen: 'Hé, overnieuw bestaat niet, het is óf "over" of "opnieuw".' Verbeteren moet subtieler, bijna als iets stiekems dat je liever niet doet, maar toch niet kunt laten. Een soort verbaal neuspeuteren.

Voor het subtiel verbeteren bestaan verschillende strategieën.

Zo heb je de stille verbeteraars. Stel, je zegt: 'Thais eten, daar kun je me ten alle tijde voor wakker maken!' Dan zegt de stille verbeteraar, zonder je aan te kijken en heel zachtjes: 'te alle*n* tijde.' Alsof het een stem vanuit het niets betreft. Tegen een stem uit het niets kun je niets terugzeggen.

Je hebt ook verbeteraars die hun verbetering pseudonatuurlijk in hun antwoord verwerken. 'Ik had vroeger geen latijns op school.' 'Nee? Had je geen latijnnn? Nou ja, niets aan gemist.' De verbetering is zo ingekapseld dat je er wederom niets op terug kunt zeggen.

Want dat is het ergste: ontmaskerd worden als verbeteraar. Dat komt omdat verbeteren zo duidelijk nutteloos is, en dus alleen maar gaat om het tentoonspreiden van kennis van de verbeteraar zelf. Zelfs verbeteraars zélf denken niet dat de wereld beter wordt als iedereen hun verbeteringen ter harte zou nemen.

Nu is niet iedereen even allergisch voor verbeteraars. Ikzelf wil mensen graag bloedig vermoorden als ze verbetergedrag vertonen. Dat komt natuurlijk omdat ik zelf in het diepst van mijn wezen een verschrikkelijke verbeteraar ben, maar dat krampachtig onderdruk (bedankt, Freud). Ik heb wel eens tegen iemand gezegd: 'Zeg je nou bewust cataLOgus?' En diegene is daar nog steeds door getraumatiseerd. Ik kijk dus wel uit. En als ik dan iemand anders schaamteloos zie verbeteren, dan kan ik dat niet uitstaan! Ik zou ook zo graag verbeteren, maar ik mag het niet van mezelf.

Ik sprak eens een man die zo droevig was geweest, dat hij zes weken onder zijn bed had gelegen. Niet erin, wat mij nog wel lekker lijkt, maar eronder, tussen de huidschilfers – visualiseer het maar even. De enige reden dat hij niet was doodgegaan onder het bed, was dat hij besefte dat er konijnen bestonden in de wereld. 'Konijnen,' vertelde hij, 'die zijn zó lief en zacht. Ze zullen je nooit beoordelen en ze nemen je gewoon zoals je bent.' Hoe je het aan een konijn zou kunnen zien als hij je níét neemt zoals je bent, weet ik niet. Maar ik vond het zielig, verbeterend haast, om dit sfeerverpestende vraagje te stellen.

Ik voel me blauw

Er zijn mensen die getallen associëren met kleuren. Als ze 'drie' horen, dan zien ze bijvoorbeeld meteen paars (dat fenomeen heet synesthesie). En als je suggereert dat 'drie' ook best blauw zou kunnen zijn, dan zijn ze geschokt.

Kleur is mysterieus. Ik vraag me af waarom je 'groen' bent van jaloezie – heeft dat iets met misselijkheid te maken? En blauw dan; als iemand 'bleu' is heeft hij weinig ervaring, maar als hij 'blue' is, is hij lichtelijk depressief.

Ik zat eens geheel onvrijwillig bij een lezing over 'veranderprocessen in organisaties'. In de terminologie rondom 'veranderprocessen' bleek een ware kleurterreur te heersen. Een rode verandering was verkeerd, want alleen gebaseerd op macht. Een groene verandering was goed, want dan werd rekening gehouden met ieders wensen en verlangens. Nog beter was een witte verandering. 'Maar,' zo zei de deskundige, 'dat heeft dus heel expliciet niet te maken met huidskleur of iets dergelijks.' Een witte verandering was een verandering die vanzelf ging, waarbij iedereen zich op zijn gemak voelde.

Voor mij was dit allemaal visserslatijn. Een drie die paars is, een veranderproces dat groen is. Ik heb er niets mee. Een kleur is een kleur, vind ik. Alleen ben ik soms blue. Dat voel ik dan weer wel echt zo. Onbegrijpelijk dat er mensen zijn die zonnebrillen hebben met blauwe glazen, dat is toch vragen om een depressie? Mijn zonnebril is roze, natuurlijk.

Sinds de hulpverleners en bedrijfstrainers de wereld hebben overgenomen, gaan we anders met elkaar om. Het is een stille revolutie geweest, die – vrees ik – niet meer terug te draaien is. Vergeleken met vijftig jaar geleden leven we in een nieuwe wereld. We geven traumatische gebeurtenissen een plekje, we pakken onze problemen op en we gáán ervoor.

Verder zijn twee begrippen heel erg belangrijk geworden in de nieuwe wereld: ja en nee. Die sluiten elkaar overigens niet uit. Op de vraag: 'Heb je je draai in je nieuwe baan een beetje gevonden?' kun je bijvoorbeeld heel goed antwoorden: 'Nou... ja én nee.' En dan een lang verhaal over 'heel lekkere koffie' maar 'een heel nazistische bedrijfscultuur' gaan afsteken.

Ook afzonderlijk gaat het vaak over 'ja' en 'nee'. Hoe vaak hoor je niet een of andere verse Bekende Nederlander in een interview zeggen: 'Ik heb echt moeten léren neezeggen.' Neezeggen is zo belangrijk omdat de moderne mens het zogenaamd heel druk heeft en alles wil (tv-kijken, Wii-en, Facebooken, noem maar op), en niet meer beseft dat je sommige dingen ook níét kunt willen. Dat lijkt mij altijd onzin, want vroeger waren de mensen toch ook druk? Met de hand de was doen, onderwijl een drieling borstvoeden, en aardappels ontpitten, schillen, koken en stampen voor een man die twaalf uur per dag in een humeurverpestende fabriek werkte. Zou zo iemand hebben kunnen zeggen: 'Ik heb echt moeten leren neezeggen, ik doe de was niet meer.' Natuurlijk niet. Neezeggen moet alleen tegen dingen die au fond nog best leuk zijn. In het geval van de verse Bekende Nederlander: meedoen aan een benefietconcert of zo.

'Ja' is trouwens minstens zo belangrijk. Ik kreeg een tijdje geleden te horen: 'Je redeneert nu vanuit "het nee". Ik zou graag zien dat je wat meer uit "het ja" ging denken.' Inderdaad heb ik de neiging eerst te zeggen wat ik allemaal niet wil en walgelijk vind en nooit meer mee wil maken, om pas daarna voorzichtig te gaan denken over wat ik wel zou willen. Denken vanuit 'het ja' betekent dat je iets meer in de tsjakka-hoek van het leven moet gaan zitten. Anders ben je 'ondermijnend' bezig.

Het moeilijke is natuurlijk: wanneer moet je laten zien dat je hebt leren neezeggen, en wanneer moet je bewijzen dat je kunt leven vanuit het ja? Of, breder gezien: hoe weet je wanneer je tot actie moet komen, en wanneer het het beste is om even op je handen te gaan zitten?

Het zou fijn zijn als alle hulpverleners en bedrijfstrainers daar eens een antwoord op zouden hebben. Maar nee, zodra je een concrete, duidelijke vraag stelt, zegt zo iemand nooit 'ja' of 'nee', maar altijd iets als: 'Dat is een antwoord dat jij alleen kunt geven.'

EHM, BEDANKT...?

De schrijver J.J. Voskuil was ineens dood. Zijn voormalige werkgever, het Meertens Instituut, schreef het volgende in een overlijdensadvertentie: 'Na zijn pensionering heeft Voskuil het instituut op onnavolgbare wijze geportretteerd in de monumentale romancyclus *Het Bureau*.' Als je *Het Bureau* hebt gelezen, weet je dat over deze zin lang vergaderd is. En het moet gezegd, het is een juweel van een compromis. 'Onnavolgbaar': dat betekent nou niet bepaald dat je *Het Bureau* goed vond, alleen dat je denkt dat het geen tweede keer geschreven zou kunnen worden. Van een seriemoordenaar kun je ook zeggen dat hij 'onnavolgbaar' bezig is. 'Monumentale romancyclus'; dat kan ook gewoon worden uitgelegd als 'heel omvangrijk', en daar kan niemand het mee oneens zijn.

Eigenlijk zijn 'onnavolgbaar' en 'monumentaal' alle twee voorbeelden uit de rijke collectie van Beledigende Complimenten. Beledigende Complimenten zijn complimenten waarvan je achteraf alleen maar denkt: Ehm, bedankt...? Bijvoorbeeld: 'Leuk, dat korte haar! Veel minder sloom dan eerst!' Eerst was je blijkbaar sloom, dat weet je dan nu. Of deze: 'Zo knap hoe je toch gewoon door blijft gaan met je toespraak, terwijl er niemand reageert!' Of: 'Weet je wat zo leuk is aan jou? Dat je volgens mij helemaal niet zít met die grote neus van je!'

Het erge aan het Beledigende Compliment is dat een reactie onmogelijk is. Want er werd zogenaamd iets positiefs gezegd. Dus keert de reactie zich naar binnen. 'Maarten voelde hoofdpijn opkomen,' zou Voskuil zelf schrijven.

'De varkens' hadden trouwens ook een advertentie voor J.J. Voskuil geplaatst, ze waren 'diep treurig om het overlijden van hun beschermer'. Dat was tenminste duidelijk. En tevens bleek maar weer eens wat een intelligente dieren dat eigenlijk zijn, varkens, dat ze begrijpen dat hun beschermer dood is, en dat ze daar dan ook nog treurig over zijn. En dat ze zelf de krant kunnen opbellen om een advertentie te plaatsen.

Vul de leegte

Ik kende ooit iemand die bij alles wat hij deed tegelijkertijd moest vertellen wat hij aan het doen was. Tegen niemand, in zijn eentje.

'Zo, even een boterhammetje eten...'

'Lekker bakkie koffie...'

'Pompiedompiedom.'

'Nou, even tandenpoetsen.'

'Stofzuigen dan maar.'

'Effe een peuk.'

Dit was iemand die nogal vaak alleen was, en het niet meer doorhad als er een keer wél mensen bij waren. Een kluizenaar in wording, misschien wel. Ik weet niet wat er van hem geworden is.

Praten tegen niemand. Het is een neiging die veel mensen hebben, maar we weten ook wel dat het belachelijk is. Om toch lekker een eind weg te lullen schaffen veel mensen zich daarom een huisdier aan. 'Zo, jij wilt naar buiten! Nou, zal mama dan even de deur opendoen?' Mama. Oké, zelf heb ik me er wel eens op betrapt dat ik me aan een poes voorstelde als 'tante Paulien', maar bij 'mama' trek ik de grens.

Gek trouwens, want wat kan die kat het schelen? Hij spreekt de mensentaal toch niet.

'Waar istie dan? Waar istie dan? Ben je nou onder de bank gaan zitten, mallerd! Terwijl mama net zo'n lekker maaltje heeft gekocht!' Wat in menselijk verkeer te gênant of te eng is, wordt tussen mens en dier ineens mogelijk. 'Je bent een lieve pluizenbol, en daarom ga ik mijn neus in je buikje stoppen! Ja! Ja! Nee, niet weglopen.'

Er zijn ook mensen die dieren helemaal niet misbruiken als praatpaal. Die mensen snap ik niet. Het zijn de types die tegen elk dier 'hij' zeggen, ook als het dier een meisjesnaam heeft en geslachtelijk een meisje is. Ze zeggen ook liever 'die kat' in plaats van gewoon de naam van het beest. 'Wat doet die kat op mijn plek?' 'Mupke! Ze heet Mupke, en ze heeft net zo veel recht om hier te zitten als jij!'

De kat doet ondertussen een imitatie van een sfinx en denkt aan brokjes.

Junkmail

Alle junkmail die in je brievenbus terechtkomt, is ooit door iemand geschreven. Zinnen als: 'Gefeliciteerd, mevrouw Cornelisse! U bent misschien de winnaar van één miljoen euro!' Dat heeft iemand echt zitten bedenken.

'Mevrouw Cornelisse, dit is een unieke kans! Kijkt u snel in uw code-envelop om te zien of u heeft gewonnen!'

Met junkmail is het zo: hoe vaker een bepaald woord valt, hoe minder waar het is. Als er heel vaak wordt gerept van een 'unieke kans' of een 'unieke prijs', dan weet je zeker dat het hier gaat om iets wat helemaal niet uniek is. Dit is een mailing die naar zeven miljoen mensen is gegaan. Dat is dus niet uniek.

Ook weet je: hoe vaker ze je naam noemen, hoe minder het gaat om jou persoonlijk. 'Mevrouw Cornelisse, denkt u ook wel eens, ik zou wel eens naar Thailand willen, mevrouw Cornelisse? Nou, mevrouw Cornelisse, dat kan!'

Vroeger stond je naam er dan ook nog scheef in, geprint met een matrixprinter. Dat was helemaal knullig.

Uren, dagen, maanden

Ik spreek wel Nederlands, maar er zijn veel dingen die ik niet begrijp. Zo hoorde ik iemand zeggen: 'Dat festival is pas over zes maand.' Huh? Dacht ik, want ik zou altijd zeggen 'zes maanden'. Nooit 'zes maand'. Ik wilde er al wat van gaan zeggen, maar toen realiseerde ik me ineens dat het Nederlands op dit punt sowieso totaal raar in elkaar zit.

Het is zes minuten, maar zes uur. Dan is het zes weken, volgens mij dus zes maanden, maar wel weer zes jaar. En zes eeuwen. Je zou nooit zeggen: 'Over drie minuut begint het.' Of: 'Over veertig week wordt het geboren.' Je kunt zeggen: 'Over zeven jaren', maar dat klinkt meteen wel heel Oud-Hollands. Als ik me van zulk soort dingen bewust word, dan krijg ik altijd zo'n medelijden met mensen die Nederlands moeten leren. Je bent terechtgekomen in een raar land met een taal die er mondiaal niet toe doet en dan krijg je zulk soort onzinnige regels. Heb je net 'de' en 'het' onder de knie, moet je leren dat het twee uur is, niet twee uren.

En dan nog. Stel dat je alles goed doet, echt alles, dan nog doe je het fout. Ik hoorde van iemand die Nederlands geeft aan allochtonen. Na een ochtend hard werken hadden de leerlingen eindelijk begrepen hoe de voorzetsels werken. Nu moesten ze zelf zinnen maken met een voorzetsel erin. Een Marokkaanse man dacht na, haalde diep adem en zei langzaam en ingespannen: 'Mijn vrouw... loopt... *achter* mij.'

Tja.

AH-Erlebnis

Ik herinner me nog als de dag van gisteren dat ik zag dat het logo van de Albert Heijn in feite een aan elkaar gesmolten A en H is. Als de dag van gisteren, omdat het ook nogal kortgeleden gebeurd is. Gênant kortgeleden.

Met woorden heb je soms ook dat je pas absurd laat leert waar ze eigenlijk vandaan komen.

Ik was op een feestje waar een meisje bekende dat ze drieëntwintig was toen ze ontdekte dat horeca komt van hotel-restaurant-café. (Het is trouwens uitsluitend een Nederlands woord, maar dat weet ook niet iedereen. Ik ken iemand die in Frankrijk vrolijk rondvroeg: 'Où est l'horéca ici?' En dan maar klagen dat Fransen zo weinig gastvrij zijn, dat ze nooit met je meedenken.)

Terug naar dat feestje en de bekentenis van het meisje. Het bleef even stil. Toen zei een vriend van mij: 'Vijfendertig. Ik was vijfendertig toen ik erachter kwam.' Dat was dus nu. Vijf seconden geleden.

Het sierde hem dat hij het toegaf, want het kan in gezelschap best dom overkomen als je een woord pas zo laat begrijpt. Zelf geniet ik er toch altijd wel van. Dat plotselinge inzicht is iets wat je als kind voortdurend hebt. En nu nog maar heel af en toe.

Zo herinner ik me met genoegen het moment dat ik honderden meters onder de grond door een zoutmijn wandelde. Vlak bij Salzburg. Ineens keek mijn metgezel mij als door de bliksem getroffen aan: 'Dus dáárom heet Salzburg Salzburg! Vanwege die zoutmijnen!'

En ik weet zeker dat er lezers zijn die nu ook het licht zien.

OMSTANDIGHEDEN

'Door omstandigheden is onze klantenservice tijdelijk niet bereikbaar.' Dat stond er op het antwoordapparaat van de omvallende bank Icesave. Mooi, dat 'omstandigheden'. Het lijkt of er een reden gegeven wordt, maar dat is natuurlijk niet zo. 'Omstandigheden' is een neutraal woord, waar toch heel veel paniek in doorklinkt. Ik heb wel eens iemand horen zeggen: 'Ik ga wat eerder naar huis, wegens omstandigheden.' Een plotsklaps overleden familielid? Een hevig uitslaande brand? Als er niet verteld wordt wat er aan de hand is, doet je eigen fantasie het werk wel.

Bij ABN AMRO waren ze tijdens de kredietcrisis op hun antwoordapparaat iets specifieker, maar niet veel: 'Door de recente gebeurtenissen op de financiële markten en rond ABN AMRO is het momenteel erg druk. Wij vragen u rekening te houden met een langere wachttijd.' Het zogenaamd neutrale 'gebeurtenissen' betekent natuurlijk niets minder dan dat op de burelen van ABN AMRO de gekte heeft toegeslagen. ('Dit trek ik niet! Spreek jij het antwoordapparaat even in!' 'Wat moet ik dan zeggen?' 'Eh, maakt niet uit! Zeg maar iets met "de recente gebeurtenissen"! Als die mensen maar ophouden met bellen!')

Grappig hoe in tijden van crisis iedereen probeert zo rustig mogelijk over te komen, zonder dat dat lukt. Wouter Bos sprak kalm en glimlachend: 'Er is een golf van onrust die over de beurzen heen zwiept. En daarbij speelt veel irrationaliteit een rol.' Aha, 'veel irrationaliteit', dus dat is het. Gelukkig, ik dacht al dat ik me zorgen moest maken.

Mooi vleesje

Ik ben erachter gekomen dat er mensen bestaan van mijn leeftijd (33) die *wijnkenner* zijn. De mensen in kwestie ken ik nog van school, en ik heb ze zien overgeven na hun eerste biertje. Die zijn nu ineens wijnkenner, en nog van het evangeliserende soort ook. Zelf drink ik eigenlijk alleen cola, dus daar valt voor de evangeliserende wijnkenner weinig eer aan te behalen. Maar o wee als je ook maar een béétje van wijn houdt. Dan is het meteen: 'Ik zou je heel graag een keer een écht goede wijn laten proeven.' En ook: 'Hier zit kurk in. Nee, echt.' Als de evangeliserende wijnkenner een paar dagen langskomt in het vakantiehuisje in de Ardèche, dan weet hij meteen waar het beste wijnboertje zit. Terwijl je er zelf al weken zat, dolgelukkig met de wijn van de buurman.

Ik heb wel eens gehoord over een mooi experiment, en het past zó goed in mijn straatje dat ik het maar niet probeer te reproduceren, voor het geval dat het toch onzin blijkt te zijn. Het experiment gaat zo. Zet twee flessen wijn in de ijskast, een rode en een witte. Maakt niet uit wat voor soort. Als de wijn koud is, moet je een blinddoek omdoen en iemand vragen je van elke wijn een glas in te schenken. Het schijnt dat je dan niet kunt proeven welke wijn de witte is! Probeer maar eens uit, net zo lang tot het waar blijkt te zijn, en sla er de wijnkenners dan mee om de oren, als ze weer eens beginnen over 'een heel leuke wijn'.

Goed, ik heb het niet op wijnkenners, maar eigenlijk is die antipathie veel breder. Wat te denken van mensen die bij elke boterham meteen roepen: 'Maar het béste brood koop je toch bij Hartog.' Het zijn de mensen die het woord 'mooi' gebruiken in plaats van het woord 'lekker' – 'een mooie saus', 'een mooi stukje vlees' (of nog erger: 'een mooi vleesje'), en dat gaat dan uitdrukkelijk niet over hoe het eruitziet.

Het gaat er niet om dat mensen een mening hebben. Het gaat erom dat die de hele tijd moet worden uitgedragen, zonder duidelijk doel. Zou de broodexpert tevreden zijn als iedereen bij Hartog zou kopen? Welnee, het gaat er meer om dat de toeschouwers denken: dit is iemand die echt iets van eten weet. In die zin heeft het iets triests. De expert wil overkomen als een bourgondische levensgenieter, maar verraadt zichzelf als verzenuwde, naar goedkeuring hunkerende depressieveling.

Lonny, die Indonesische kok van televisie en van de rieten mandjes in de Albert Heijn, heeft ooit een mooie bekentenis gedaan in de *Varagids*. Na een lange dag showkoken op Pasar Malam of Huishoudbeurs mag hij graag een klef wit broodje met jonge kaas nuttigen bij een tankstation. Sinds ik dit over Lonny weet, kan hij bij mij niet meer stuk en wil ik hem steunen in alles wat hij doet.

Mensen die niet dogmatisch zijn over eten, zijn nu eenmaal veel leuker. Ik heb een vriendin die alles lekker vindt. Ze roept vrolijk over zichzelf: 'Ik ben een vuilnisbak! Je kunt alles in mij gooien!' En inderdaad, wat je ook in haar gooit, ze eet het allemaal gretig op, en zegt dan ook nog: 'Jezus! Wat lekker!'

Dat is nou een vrouw naar mijn hart.

Diep

'Ik wil zo graag een lagere stem,' verzuchtte een vriend van mij die zich in zijn werk miskend voelde. Hij kreeg naar eigen zeggen niets van de grond, terwijl een collega met een lagere stem maar iets hoefde te brommen, en er stond alweer een projectje voor hem klaar. Ik zei natuurlijk: 'Dat zit tussen je oren. Als je bij voorbaat al denkt: "Ik zal wel weer niets krijgen," dan krijg je natuurlijk ook niets!'

Toch had die vriend van mij wel een punt. Uit allerlei deprimerend onderzoek blijkt dat mannen met lagere stemmen eerder president van de Verenigde Staten worden, en ook dat ze vruchtbaarder zijn – dat laatste heeft iets te maken met testosteronproductie.

Voetballer Gerald Vanenburg had een hoog stemmetje, en daarom kon hij volgens Cruijff nooit een goede aanvoerder zijn. Hij zou op het veld niet serieus genomen worden. Ik vind dat heel zielig, maar toch moet ik er ook om lachen, en dat is in een notendop het kruis dat de hoogstemmige man moet dragen.

Marc-Marie Huijbregts is het bewijs dat je van je zwakte ook je kracht kunt maken. Toch heb ik niet het idee dat mannen hem zien als de ultieme Man die ze allemaal willen zijn. (Onterecht trouwens! Iedereen zou Marc-Marie Huijbregts moeten willen zijn.)

Voor vrouwen ligt het allemaal, zoals gewoonlijk, een stuk ingewikkelder. Een vrouw met een lage stem straalt meer autoriteit uit, maar is ze ook aantrekkelijker? Of moet ze daarvoor weer een hoog stemmetje hebben?

Mannen weten tenminste nog waar ze naar moeten streven: een diepe donkerbruine stem. Vrouwen moeten, heel schizofreen, voortdurend switchen. Flirten moet hoog, bevelen geven laag. Doodvermoeiend. In ruil daarvoor mogen we wel leuke rokjes aan.

Zo? Zo

Toontalen zijn talen waarbij de verandering in toon ook een verandering in betekenis aangeeft. Het Chinees bijvoorbeeld, dat beetje miauwende geluid is noodzakelijk omdat je elkaar anders helemaal niet begrijpt.

Ach, dat weet iedereen natuurlijk al. In de jaren tachtig was er al een cursus Chinees bij de Teleac, die *Ni Hao* heette, en in mijn herinnering ging het daarin elke week uitsluitend over toonhoogtes en hoe ingewikkeld die waren.

Maar ik heb het gevoel dat ook in de niet-toontalen, het Nederlands bijvoorbeeld, de toon er veel meer toe doet dan we denken. 'O ja' is bijvoorbeeld iets anders dan 'o ja'.

Omdat toonhoogtes bij ons geen drastische betekenisveranderingen teweegbrengen, zijn ze onderhevig aan modes en trends. Bijvoorbeeld:

Vroeger kon een overenthousiaste en opgehyperde vrouw uitroepen: 'Die film is echt zo leuk!' Terwijl ze haar in laagjes geknipte haar over haar Jane Fonda fitnesspakje schudde. Het 'zo' ging omhoog.

Tegenwoordig gaan vrouwen met het 'zo' omlaag. Het wordt nu: 'Die film is echt zo leuk!'

Vrouwen die omlaaggaan om iets te benadrukken, het is een internationaal fenomeen, want in Amerika heb ik het ook geconstateerd. Vroeger was het 'Oh my God!' En nu eerder: 'Oh. My. God.'

Als iemand hier echt onderzoek naar gaat doen, dan zal het allemaal wel weer niet kloppen, en blijkt er helemaal niets echt veranderd te zijn, en doet iedereen maar wat met die toonhoogtes.

Maar stel dat het onverhoeds tóch klopt. Dan kunnen we daar toch allemaal theorietjes omheen gaan bouwen over vrouwelijkheid, emancipatie, gezag, respect, onderlinge verhoudingen en de maatschappij in het algemeen? Daar kan ik me nu al op verheugen.

Creëren

Ja, daar hoorde ik het weer! Terug van al bijna weg. Iemand had een opvangtehuis voor zielige olifanten in Thailand opgezet, en was aldus bezig 'een bijzondere plek voor ze te creëren'. Niet 'maken'. Creëren. Creëren is een interessant woord.

In de jaren tachtig behoorde het woord nog strikt tot het domein van de homoseksuele modeontwerpers. Er was destijds een Robijn-reclame met Frank Govers, die het daarin had over zijn 'creaties'. Dat was toen buitengewoon grappig. Iedereen deed het zo veel mogelijk na, gelachen dat we hebben!

Maar zoals het gaat met trends uit de homowereld: uiteindelijk gaat iedereen er in mee. Dat geldt voor kleding, muziek, piercings en schaamhaar (het weghalen van). Eerst is het obscuur en raar, dan is het *cutting edge*, vervolgens *mainstream*, en daarna saai of zelfs stom. Eén fase later wordt het weer potsierlijk.

In die potsierlijke fase bevindt het woord 'creëren' zich nu. Een paar jaar geleden was het nog best interessant om dingen te creëren. 'Ik heb de kinderkamer helemaal zelf gecreëerd.' 'Ik vind het heerlijk om een omgeving te creëren waarin iedereen zich prettig voelt.' 'Als jij je randvoorwaarden nou even helder stelt, dan creeren we samen de mogelijkheden waarin jij optimaal kunt functioneren.'

Met 'creëren' gaf je al snel wat extra cachet aan een verder saaie zin. 'Ik heb een heel mooie bruiloftstaart gecreëerd.' Wow, daar moet echt een idee achter gezeten hebben! Dat was niet een kwestie van twee cakes met slagroom ertussen, nee, het ging meer om het concépt van de bruiloftstaart.

Nu is 'creëren' veel te pretentieus. Alsof er ook een soort goddelijke schepping aan te pas komt. Wat verbeeld je je wel?

Het is afwachten wat er verder met 'creëren' gebeurt. Misschien komt het ooit weer terug als acceptabel woord. Eventueel via een flamboyante modeontwerper.

Wat ik wél vond

Soms zie je in een tijdschrift een interview met iemand die dan moet zeggen wat zijn of haar slechtste eigenschap is. Is de geïnterviewde een man, dan zegt hij het liefst: 'Ik ga wel eens te veel op in waar ik mee bezig ben, heb ik niet zo veel oog meer voor het thuisfront. Ik ben eigenlijk té gedreven en enthousiast.' Jaja, denk je dan. Dat is een goede eigenschap vermomd als een slechte eigenschap.

Vrouwen zijn meestal eerlijker, en die zeggen dan: 'Ik kan niet zo goed tegen kritiek.'

Volgens mij kan bijna niemand echt goed tegen kritiek. Vooral het soort waar je zelf niet om gevraagd hebt. Ik heb verschillende keren meegemaakt dat iemand heel eng op me af kwam nadat ik had opgetreden en zei: 'Sta je open voor kritiek?' En het is gek, dan zeg je dus toch 'ja', terwijl alles in je schreeuwt: 'nee!' Want steevast komt de kritiek dan in de vorm van een zogenaamde vraag die eindigt met: 'Was dat een bewuste keuze?'

Ook erg is als mensen zich ineens gaan bedienen van de zinsnede 'wat ik wél vond...' Dat komt voor, en is taalkundig volstrekt onlogisch. Iemand komt naar je toe, en zegt: 'Wat heb je een intrigerend, zinderend en scherpzinnig boek over taal geschreven.'

Ha! denk je, ik ben geliefd. Maar de spreker is nog niet klaar. Die begint ineens moeilijk te kijken en zegt: 'Wat ik wél vond...' Dan weet je dat er iets heel naars komt, zoals: 'Wat ik wél vond is dat de titel de lading niet dekt.'

De nadruk op 'wel' impliceert dat wat ervoor kwam *niet* gevonden werd. Dus al het positieve complimenteuze uit het eerste gedeelte van de zin, dat zei diegene maar, dat was pure vriendelijkheid. Eigenlijk wordt er gezegd: 'Wat ik niét vond is dat je een intrigerend, zinderend en scherpzinnig boek over taal hebt geschreven. Wat ik wél vond is dat de titel de lading niet dekt.' Lekker is dat.

Toch kan het nog erger. Er kwam ooit een vrouw op me af die zei: 'Ik heb je zien optreden, maar ik weet bij god niet meer wat je deed... ik weet wel dat ik het leuk vond, maar ik ben verder alles vergeten. Wat deed je nou ook alweer?' En toen moest ik, o vernedering der vernederingen, de hoogtepunten van mijn voorstelling gaan naspelen. Pas na heel lang zei ze: 'O ja, nu komt het weer een beetje terug.'

Retrotaal

Sommige taal raakt uit, en dat heeft verschillende redenen. 'Brillenjood' was vroeger een normaal en geaccepteerd scheldwoord, maar is nu gelukkig alweer een hele tijd *not done.*

Andere woorden raken uit omdat ze inmiddels iets onbehoorlijks of vies zijn gaan betekenen. Vroeger kon een man bijvoorbeeld best zeggen: 'Ik ben ongesteld aan mijn hoofd.' Dat roept nu levendige, verontrustende beelden op.

Weer andere woorden zijn zomaar verdwenen. Om niets. Mijn oma riep als iemand iets gemeens of verkeerds had gedaan: 'Misselijk!' Snoepjes noemde ze 'lekkertjes'. Knalfuif, dól!, uiig, vrind, jottem, snotjoch, bakvis, boudoir, litteratuur; wie gebruikt het nog? Niemand.

Sommige taal is voorbij, en dat is eigenlijk alleen maar jammer. Waarom is 'mieters' verdwenen? 'Mieters' is een vrolijk woord van waardering uit de jaren vijftig. Het zou mooi zijn als dit als 'retrowoord' weer zou kunnen worden geïntroduceerd in de Nederlandse taal. Als er hele feesten worden georganiseerd rondom jarentachtigmuziek, zie ik niet in waarom retrotaal niet zou kunnen.

In ieder mensenleven komt een moment dat het besef inslaat als een bom: ik ben zelf taalkundig óók uit de tijd. De trein is voortgeraasd, maar zonder mij; dat gevoel. Ikzelf merkte het toen 'vet' ineens het nieuwe woord voor 'cool' werd; en dat terwijl ik me juist zo *happening* voelde dat ik 'cool' gebruikte. 'Vet' was voor mij een brug te ver.

Ik zeg ook nog wel eens 'onwijs gaaf'. Kan niet.

'Wrede bok' zeg ik ook. Kan al helemaal niet.

Maar nu komt het mooie. Wie merkt dat de veroudering onherroepelijk heeft ingetreden, verzinne een retro-trend om er weer bij te horen: 'Nee, ik ben niet ouderwets, ik ben juist modern genoeg om ouderwetse dingen weer modern te vinden!' Mieters mechanisme.

Criteria

'Nee, het werd niks. Het was zo'n jongen die cola light drinkt. Dus.'

Joh en Goh

Het gaat bijvoorbeeld zo: 'Dus ik zeg tegen Louise: "Goh, kun jij morgen die stukken aanleveren?" En Louise gaat meteen van "Nee Heleen, daar heb ik het nu echt te druk voor," en dit en dat. Dus ik zeg: "Joh, misschien kun je anders Cecile er even bij betrekken," maar nee, dat was dan ook weer te veel moeite.'

Of het gaat zo: 'Ik vroeg dus gewoon heel rustig: "Joh, we dragen allemaal bij aan de lief- en leedpot, wil jij er misschien ook iets in doen?" Nou, nee, dat kon dan absoluut niet, want daar was hij tegen.'

Wat leren we hieruit? Dat 'joh' en 'goh' buitengewoon handige woorden zijn voor wie eens flink wil roddelen. Want 'goh' en 'joh' zorgen ervoor dat om een citaat een zweem van redelijkheid gaat hangen. Citeer je jezelf, dan gebruik je 'goh' of 'joh', citeer je degene over wie je roddelt, dan gebruik je deze woorden natuurlijk niet.

Natuurlijk heeft het 'goh'-citaat in het echt nooit plaatsgevonden. Niemand zegt écht: 'Goh, kun jij die stukken morgen aanleveren?'

'Goh' en 'joh' zijn redelijkmakers. Daarom worden ze ook veelvuldig gebruikt in hulpverlenersland. 'Hoe spreek je die hangjongeren aan? Ga met ze in gesprek! Zeg gewoon: "Joh, ik merk dat jullie elke avond in mijn portiek plassen, maar dat stinkt!"' Ik zeg: succes.

Daarnaast kan 'joh' ook totáál anders uit de hoek komen.

Het televisieprogramma *Memories, tour d'amour*. Een oude man zegt over zijn verloren vakantieliefde van honderdtachtig jaar geleden: 'Zo intens heb ik de liefde nooit meer beleefd.' Waarop presentatrice Anita Witzier antwoordt: 'Joh.'

Taalmysteries

Waarin verschillende mysteries benoemd worden, maar niet verklaard

1. Guur is een duidelijk woord, maar onguur is er gek genoeg niet het omgekeerde van.
2. Willekeurig is niet het omgekeerde van onwillekeurig.
3. Ontginnen is iets, beginnen is iets, maar ginnen dan? Wat is ginnen?
4. Ontkleuren is de kleur ergens uithalen, maar ontbijten is beginnen met bijten. Ontsteken is aansteken.

Ontnuchteren is beginnen met nuchter worden. Maar ontkoppelen is losmaken.

5. Waarom heet een vluchtheuvel een vluchtheuvel, terwijl het met vluchten niet zo veel te maken heeft, en al helemaal die associatie niet zou moeten hebben, in het verkeer?
6. Waarom heet een verrekijker niet gewoon een verderkijker, zoals ik de eerste tien jaar van mijn leven dacht?
7. Universiteit is niet het tegenovergestelde van diversiteit. Waarom is dat?
8. Over divers gesproken: tweeslachtig betekent dat een dier zowel man als vrouw is; halfslachtig heeft dan weer niets met geslacht te maken.
9. Het woord eenzaam bestaat, maar tweezaam niet, terwijl de echte eenzaamheid zich pas opdringt als je met z'n tweeën bent.

Helemaal leuk

Uit het rijke vocabulaire van de moderne twintiger/dertiger, en trouwens ook van de zich jonger voordoende veertiger: 'We gaan naar Lowlands, echt helemaal leuk.'

'Helemaal leuk', dat is nogal wat. Het betekent dat er niets níét leuk is.

'Helemaal' wordt op deze manier trouwens nog veel meer gebruikt. 'Helemaal lekker', voor een maaltijd of een dagje aan het strand: 'Zonnetje, zeetje, helemaal lekker.' 'Helemaal geweldig' en 'helemaal te gek' vormen de overtreffende trap ('Phuket man! Helemaal te gek!'). 'Helemaal toppie' en 'helemaal toppertje' worden gebruikt door mensen die 'toppie' en 'toppertje' nog vinden kunnen, en dat is een slinkende groep.

Het is allemaal positief bedoeld, maar je vraagt je toch af: was het écht helemaal leuk? Was er nou niets dat een beetje tegenviel? 'Helemaal' straalt een soort kritiekloosheid uit: We hebben geen zin in gezeur, dus we besluiten alles leuk te vinden. Dat doet af aan de positiviteit ervan. Stel, je bent met iemand naar bed geweest, en je hoort diegene later tegen een derde zeggen: 'Ja, het was echt helemaal lekker.' Dan zou ik me, als ik jou was, toch zorgen gaan maken. Dit is iemand die het zo-zo vond, maar geen zin heeft om te klagen.

In dezelfde groep van twintigers/dertigers/jonge veertigers heb je ook weer mensen die juist nooit 'helemaal' zouden zeggen, omdat ze voortdurend geplaagd worden door de nuance. Onder deze subgroep zijn de voorvoegsels 'semi' en 'pseudo' in (semihip, pseudogezellig). Het leven is voor deze mensen niet makkelijk: 'We zaten in een of andere *wannabe*-strandtent met van die duimringjongens die van die semi-intellectuele gesprekken gingen voeren op zo'n pseudoloungebank. Over internetcommunities of een ander non-onderwerp. Kortom, we waren meteen weer weg.'

Grosso modo behoort iedereen tot één van deze groepen. De kritiekloze losbollen of de chagrijnige realisten. Switchen kan helaas niet, want je karakter heeft lang geleden al voor je gekozen.

Vrijwilliger

'Wie wil de reünie organiseren? Niemand? Margreet misschien? Dank je Margreet.'

Nodig

Er woedde een storm in Nederland. Een echte, zware. 'Er is een weeralarm,' hoorde je elke tien minuten op de radio. Dramatisch was het. Niemand wist precies wat het was, een weeralarm, of wat we dan moesten doen. De weerman kon er geen licht op werpen, hij zei van die vage dingen als: 'U kunt maar beter niet naar buiten gaan.' Hoezo, 'maar beter niet'? 'Behalve als het echt nodig is,' voegde hij eraan toe. Maar wanneer het dan echt nodig was, was niet duidelijk. Als je een barende vrouw op de achterbank hebt liggen? Of als je vanuit je werk terug wilt naar huis? Gezien het aantal auto's in de file dachten de meeste mensen dat hun forensentripje 'echt nodig' was.

Er heerste ouderwetse gezelligheid in de huiskamers. We hadden, bij gebrek aan een Elfstedentocht, een weeralarm om ons druk over te maken, als Nederlands volk.

Na de storm werd het op de radio pas echt raar: '... en er zijn natuurlijk de nodige slachtoffers gevallen.' De nodige? Zijn slachtoffers nodig?

Nodig wordt wel vaker gebruikt zonder dat het ergens op slaat. Is er regen, dan zijn er 'de nodige vertragingen'. Gaat het slecht met de economie, dan levert dat natuurlijk 'de nodige armoede' op.

Als iets een logisch gevolg is, te verwachten misschien, wordt daar meteen van gezegd dat het nodig is.

Ik denk dat dit komt door onze calvinistische cultuur. We mogen niet boos zijn op het lot, we moeten het accepteren. Alle nare dingen die gebeuren zijn ergens, toch wel, 'nodig'.

En dat levert bij mij natuurlijk weer de nodige ergernis op.

Zeg maar

Mensen willen in het leven altijd graag een slag om de arm houden. O wee als je ergens aan gehouden zou kunnen worden. Dat uit zich dus ook in de taal. Politici proberen bijvoorbeeld zo vaak mogelijk 'in die zin' te gebruiken, zodat duidelijk is dat hun uitspraken nooit gegeneraliseerd kunnen worden naar andere gevallen.

Gewone mensen houden op een andere manier een slag om de arm. Wat je bij, schat ik, tachtig procent van de bevolking zeker eens per drie zinnen hoort is 'zeg maar'. 'Zeg maar' betekent 'we zeggen het nu even zo, maar eigenlijk zou het net zo goed anders kunnen zijn'. En dat is handig: 'We hadden zeg maar een feestje.' Als iemand gepikeerd reageert ('Waarom ben ik niet uitgenodigd?') kun je altijd nog snel zeggen: 'Nou ja, feestje, feestje, het was meer dat we samen televisie hebben gekeken.' Het is een slag om de arm van niks, maar toch geeft het een veilig gevoel.

De zeg maar-zeggers (en wees maar eerlijk, dat zijn we bijna allemaal) kun je trouwens ook nog opdelen in de puristen en de creatieven. De puristen zeggen letterlijk 'zeg maar', en de creatieven maken er zelf iets soortgelijks van, meestal 'lawezeggen' of 'lamazeggen'.

Verwant aan 'zeg maar' is 'als het ware', dat betekent: het is niet echt zo, alleen maar bijna. 'We zijn als het ware gaan langlaufen.' Waarschijnlijk wordt toch echt bedoeld dat er gewoon gelanglaufd werd, maar het 'als het ware' vult de zin lekker op.

Ik ken iemand die zich zo ergerde aan 'zeg maar', dat hij na elk 'zeg maar' ook echt ging zeggen wat de ander zei. Zei iemand: 'Ik hou zeg maar best wel van augurken,' dan riep hij snel: 'Best wel van augurken. Je zei toch: "zeg maar"?' Niemand begreep hem. 'Zeg maar' is zo gewoon geworden dat je het jezelf zeg maar niet meer hoort zeggen.

Floepuitspraken

'Hoe sta jij daar dan in?' hoorde ik mezelf vragen en schrok. Ik ben helemaal niet iemand die 'Hoe sta jij daar dan in' zegt! Ik zei het tegen iemand die aan het klagen was over een ruzie op haar werk, en toen floepte het er ineens uit: 'Hoe sta jij daar dan in?' Was ik ineens een vrouw van veertig met een healingcursus achter de rug? Nee toch zeker? Waarom zei ik het dan? Ik begreep dat ik was overvallen door een floepuitspraak: een uitspraak die eruit floept voor je het weet, terwijl je er het type niet voor bent.

Terugnemen kon niet meer, en het zou ook nergens op slaan. Degene tegen wie ik het zei wist toch niet dat ik iemand ben die dat nooit zou zeggen. Ik heb ook wel eens gezegd: 'Dat hou je toch,' en niemand keek ervan op, terwijl ik dat echt een bejaarde-buurvrouwuitspraak vind. En deze: 'Oh, het kan pas maandag? *Nee, dan gaat het over.*' Moeilijk te zeggen waarom 'dan gaat het over' niet kan, maar het voelt niet goed. Ik walg dan van mezelf, maar ik ben de enige.

Dat is een tegenvaller. Dat je blijkbaar zo onduidelijk overkomt dat mensen denken dat je alles zou kunnen zeggen. Ik heb wel eens als experiment 'maar waar hebben hun hun tent dan opgezet?' gezegd, en zelfs dat ging erin als zoete koek.

Ik wil natuurlijk dat mensen direct begrijpen hoe ik ben, en wat ik zou zeggen. Als ik zeg: 'Dit gaat echt he-le-maal nergens over,' (corpsmeisje aan de rosé-taal) dan moet er ingegrepen worden! Of als ik zeg: 'drie keer niks' (wederom het corpsmeisje), dan moeten ze roepen: 'Paulien! Je bent toch veel te uniek en te origineel om zoiets te zeggen?' En dat ik dan kan zeggen: 'Inderdaad, lieve vrienden, ik ben hier te uniek en te origineel voor. Ik neem het terug.'

Of is het erger? Is het mogelijk dat die uitspraken eruit floepen omdat ik er éígenlijk wel het type voor ben? Een verschrikkelijke gedachte.

Blurb

De orgastische kreten achter op boeken die bestsellers moeten worden heten *blurbs*. Op zeker moment heb ik hier diepgravend onderzoek naar gedaan. Alle voorbeelden in dit stukje zijn echt gebruikt op bestaande boeken. Ik zeg het er maar bij.

Als het goed is, kun je aan de blurb al zien of je het boek moet lezen. 'Ontroerende vertelling van een bewogen vrouwenleven...' Nee, bedankt. Of deze: 'Ze dompelt de lezer in een geurig bad vol mystiek en noodlot'.

Waar komt de blurb vandaan? Het gaat zo: een recensent schrijft een artikel vol met nuances, mitsen en maren, maar ergens staat ineens een zwaar-pathetische zin, omdat iedereen zo af en toe wel eens een zwaar-pathetische zin wil opschrijven. En precies díé zin wordt door de uitgever verkozen tot blurb. 'Zijn werk is een stralende en weerbare verwoording van een kernbesef van verlies.' Je moet er maar op komen.

Andere blurbs zijn neutraler: 'Dit is een schrijver, weet je meteen.' Frappant, een schrijver die een boek schrijft. Blijkbaar was er niets positievers te vinden. Het komt ook voor dat een recensent bijvoorbeeld schrijft: 'Wat dit in ieder geval niét is, is een goed boek,' en dat de blurb dan wordt: '... een goed boek'.

Dan zijn er nog het soort blurbs waar zo veel bijvoegelijke naamwoorden in staan dat je door de bomen het bos niet meer ziet: 'Complexe, weerbarstige, woeste, wonderlijke bundel', of 'Prachtig, sober, meeslepend en aangrijpend', of, hou je vast: 'Een adembenemend verhaal, dat afwisselend idyllisch, romantisch, melancholisch, spannend en ontroerend is.'

Ten slotte zijn er nog de blurbs die je net zo goed als

een belediging zou kunnen opvatten: 'Door de veelheid aan details overdondert hij de lezer.'

Het is een apart genre, de blurb. De volgende woorden doen het, blijkens mijn onderzoek, goed: indringend, zinderend, vertelplezier, scherpzinnig, verbeeldingskracht, subliem, rasverteller, dwingend, duister, meeslepend, messcherp en ontroerend. En natuurlijk het blurbwoord aller blurbwoorden: verontrustend. 'Een verontrustende roman' klinkt negatief, maar in blurbland is dit juist een aanprijzing. En niemand weet waarom.

Het leven

'Welkom bij de cursus "doormodderen voor gevorderden".'

Dankwoorden

Een boek dat eindigt met een dankwoord, dat is meestal smullen geblazen. Ineens blijkt de schrijver voor wie je bijna respect had gekregen een labiel weekdier, die alles nóóit voor elkaar had gekregen zonder de hulp van duizenden mensen die zich toevallig in de omgeving van die persoon bevonden. De ouders voor hun nooit aflatende steun. Iedereen bij de uitgeverij die elke keer als de schrijver er helemaal doorheen zat met oplossingen kwam zoals een ongebruikt zomerhuisje waar het emotionele wrak in moest gaan zitten schrijven. Vrienden die ook midden in de nacht opgebeld konden worden over het boek en over de gruwelen van het leven in het algemeen. En waar op de bank overnacht kon worden als de eenzaamheid van het schrijven de schrijver te veel werd.

En natuurlijk, de 'partner', zonder wie er überhaupt niets mogelijk was geweest in het leven. Het is natuurlijk allemaal waar, maar waarom moet dat in dat boek?

Ook altijd vreemd: 'Ik heb alles aan anderen te danken, maar als er fouten in mijn boek staan, zijn die natuurlijk geheel voor mijn rekening.' Ja, dat mogen we hopen! Bij iedereen het bankstel voljanken en dan nog verwachten dat ze de fouten voor hun rekening nemen? Ik dacht het niet.

Ik heb nooit een zomerhuisje aangeboden gekregen. Toch bedankt aan iedereen ('Jullie weten wie jullie zijn!') voor alles.

PS En dat er dan ook nog staat: 'Paulien Cornelisse woont in Amsterdam met haar twee honden, en ze houdt van koken en tuinieren.' Ja doei. Het enige dat ik erover wil zeggen is dat ik niet van honden houd en geen tuin heb.

EINDE.

Register

D

E

W

Bij de productie van dit boek is gebruik gemaakt van papier dat het keurmerk Forest Stewardship Council (FSC) draagt. Bij dit papier is het zeker dat de productie niet tot bosvernietiging heeft geleid. Ook is het papier 100% chloor- en zwavelvrij gebleekt.

FSC
Mixed Sources
Product group from well-managed forests and other controlled sources
www.fsc.org Cert no. SCS-COC-001256